A *Torre Sombria*
e outras histórias

Tradução
Francisco Nunes

A *Torre Sombria*
e outras histórias

C. S. LEWIS

Edição *especial*

"The Shoddy Lands" foi primeiro publicado em *The Magazine of Fantasy and Science Fiction*, X (fevereiro de 1956). "Ministering Angels" foi primeiro publicado em *The Magazine of Fantasy and Science Fiction*, XIII (janeiro de 1958). "Forms of Things Unknown" e *After Ten Years* foram primeiro publicados em *Other Worlds: Essays and Stories*, de C. S. Lewis, copyright ©1966 por Trustees of the Estate of C. S. Lewis.

Título original: *The Dark Tower and Other Stories*

Copyright ©1977 de C. S. Lewis Pte. Ltd.
Edição original por HarperCollins Publishers. Todos os direitos reservados.
Copyright da tradução ©2023 por Vida Melhor Editora LTDA.

Os pontos de vista desta obra são de responsabilidade de seus autores e colaboradores diretos, não refletindo necessariamente a posição da Thomas Nelson Brasil, da HarperCollins Christian Publishing ou de sua equipe editorial.

Publisher	*Samuel Coto*
Editor	*André Lodos Tangerino*
Assistente Editorial	*Lais Chagas*
Preparação	*Shirley Lima*
Revisão	*Beatriz Lopes e Marina Saraiva*
Diagramação	*Sonia Peticov*
Capa	*Rafael Brum*

Dados Internacionais de Catalogação na Publicação (CIP)
(BENITEZ Catalogação Ass. Editorial, MS, Brasil)

L652c   Lewis, C. S. (Clive Staples), 1898-1963
1.ed.   A Torre Sombria e outras histórias/ C. S. Lewis; tradutor Francisco Nunes. – 1.ed. –
Rio de Janeiro: Thomas Nelson Brasil, 2023.
192 p.; il.; 13,5 x 20,8 cm.

Título original: The dark tower and Other stories.
ISBN 978-65-5689-709-7

1. Ficção de fantasia – Literatura infantojuvenil. I. Nunes, Francisco.
II. Título.

03-2023/112   CDD 028.5

Índice para catálogo sistemático:

1. Literatura infantojuvenil 028.5
2. Literatura juvenil 028.5

Bibliotecária responsável: Aline Graziele Benitez CRB-1/3129

Thomas Nelson Brasil é uma marca licenciada à Vida Melhor Editora LTDA.

Todos os direitos reservados à Vida Melhor Editora LTDA.
Rua da Quitanda, 86, sala 218 — Centro
Rio de Janeiro — RJ — CEP 20091-005
Tel.: (21) 3175-1030
www.thomasnelson.com.br

A *Torre Sombria*
e outras histórias

Clive Staples Lewis (1898–1963) foi um dos gigantes intelectuais do século 20 e provavelmente o escritor mais influente de seu tempo. Foi professor e tutor de literatura inglesa na Universidade de Oxford até 1954, quando foi unanimemente eleito para a cadeira de Inglês Medieval e Renascentista da Universidade de Cambridge, posição que manteve até a aposentadoria. Lewis escreveu mais de trinta livros, o que lhe permitiu alcançar um vasto público, e suas obras continuam a atrair milhares de novos leitores a cada ano.

SUMÁRIO

Prefácio   9

   I. A Torre Sombria   19
      Uma nota sobre *A Torre Sombria*   109
  II. O homem que nasceu cego   118
 III. As Terras Inferiores   125
 IV. Anjos ministradores   135
  V. Formas de coisas desconhecidas   150
 VI. Depois de dez anos   161
      Notas sobre *Depois de dez anos*   185

PREFÁCIO

C. S. Lewis morreu em 22 de novembro de 1963. Em janeiro de 1964, fui passar algum tempo com o Dr. e a Sra. Austin Farrer,[1] no Keble College, enquanto o irmão de Lewis, Major W. H. Lewis, começou a limpar Kilns (a casa da família), preparando-se para se mudar para uma casa menor, na qual, mais tarde, eu me juntaria a ele. Os irmãos Lewis sentiam pouco da veneração pelos manuscritos tão típica de muitos de nós, e o Major Lewis, após separar aqueles papéis que tinham um significado especial para ele, começou a se desfazer dos outros. Foi assim que muitas coisas que nunca fui capaz de identificar foram diretamente para uma fogueira, que ardeu, de forma incessante, por três dias. Felizmente, no entanto, o jardineiro de Lewis, Fred Paxford, sabia que eu nutria grande consideração por qualquer coisa das mãos do mestre e, quando recebeu uma grande quantidade de cadernos e papéis de C. S. Lewis para atirar nas chamas, ele apelou ao Major que esperasse até que eu tivesse a oportunidade de vê-los. Pelo que parece mais do que uma simples coincidência, apareci em Kilns naquele mesmo dia e soube que, a menos que

---

[1] Austin Marsden Farrer (1904–68), filósofo, teólogo e professor inglês, foi amigo e colega acadêmico de Lewis por mais de vinte anos, compartilhando tanto a fé anglicana como as similares inquietações sobre o mundo de seus dias. Todas as notas de rodapé desta edição são do tradutor.

eu levasse os papéis comigo naquela tarde, eles seriam, de fato, destruídos. Eram tantos que precisei de toda a minha força e energia para levá-los de volta ao Keble College.

Naquela noite, enquanto os examinava, encontrei um manuscrito que me emocionou muito. Amarelado pelo tempo, mas ainda perfeitamente legível, iniciava com as palavras: "— Claro — disse Orfieu —, o tipo de viagem no tempo sobre a qual você lê nos livros, a viagem no tempo do corpo, é absolutamente impossível". Algumas linhas abaixo na página, encontrei o nome de "Ransom", de quem era dito que "havia sido o herói, ou a vítima, de uma das aventuras mais estranhas que já aconteceram a um homem mortal". Eu sabia que estava lendo parte de outro romance interplanetário de Lewis — *A Torre Sombria*, como eu o chamei —, que é publicado aqui pela primeira vez.

Os que são familiarizados com a trilogia interplanetária de Lewis — *Além do planeta silencioso* (1938), *Perelandra* (1943) e *Aquela fortaleza medonha* (1945)[2] — lembrarão que o primeiro desses romances termina com uma carta do fictício Dr. Elwin Ransom, de Cambridge, a seu amigo C. S. Lewis (ele mesmo um personagem secundário nas histórias). Após comentar que seu inimigo, Weston, "fechou a porta" às viagens espaciais pelos céus, ele termina a carta (e o livro) com a afirmação de que "o caminho para os planetas está no passado" e que, "se houver mais viagens espaciais, estas terão de ser também viagens no tempo...!".[3]

Pelo breve período em que fui seu secretário, Lewis me disse que nunca, em momento algum, tivera a intenção de escrever três romances interligados ou criar o que alguns veem

---

[2] Todos publicados pela Thomas Nelson Brasil.
[3] *Trilogia cósmica: volume único* (Rio de Janeiro: Thomas Nelson Brasil, 2022), p. 169. Tradução de Carlos Caldas.

Prefácio

como um único "mito" coerente. Acredito, no entanto, que, embora pensasse estar completamente livre de seus antagonistas, Weston e Devine, ele tinha em mente a possibilidade de uma continuação de *Além do planeta silencioso*, na qual Ransom desempenharia algum papel e a viagem no tempo figuraria de forma mais ampla — como é evidenciado pela óbvia ligação entre a última frase de *Além do planeta silencioso* e a frase de abertura de *A Torre Sombria*. De fato, isso é corroborado por uma correspondência enviada à Irmã Penélope CSMV,[4] datada de 9 de agosto de 1939, na qual ele diz que a "carta" no final de *Além do planeta silencioso* e "'as circunstâncias que deixam o livro desatualizado' são meramente uma forma de preparar uma continuação". Meu palpite é que Lewis começou a escrever a história quase imediatamente depois de concluir *Além do planeta silencioso*, em 1938, e essa ideia parece ser corroborada pela passagem na página 22, onde MacPhee, já impaciente com a conversa sobre viagem no tempo, brinca com Orfieu a respeito da "descoberta notável" de que "um homem em 1938 não pode chegar a 1939 em menos de um ano".

O manuscrito original de *A Torre Sombria* consiste em 62 folhas aproximadamente do tamanho de papel ofício pautado e numeradas de 1 a 64. As páginas 11 e 49 estão faltando e, infelizmente, a história está incompleta. Ela é interrompida no meio de uma frase na página 64 e, como nunca descobri mais nenhuma página, não estou certo se Lewis o terminou ou não. Para não estragar a leitura, incluí tudo o que pude aprender sobre a história em uma nota, em forma de apêndice ao final do fragmento.

Há quem considere que há algo de cruel em publicar fragmentos, pois, em muitos casos, não conseguimos nem mesmo

---

[4] Sigla da ordem religiosa anglicana Comunidade de Santa Maria, a Virgem.

adivinhar como o autor teria terminado a história. Essa é uma das razões pelas quais aconselhei os curadores de Lewis a reterem a publicação de *A Torre Sombria* por um tempo. Outra é que antecipo comparações desfavoráveis com a trilogia. Apesar das altas expectativas estabelecidas pela pena de Lewis, não acredito que se deva esperar que uma obra como *A Torre Sombria* se aproxime da inventividade e da perfeição completa de sua soberba trilogia interplanetária. Devemos supor que até mesmo Lewis pensava assim: ele nunca tentou publicá-la e, considerando sua grande produtividade, ouso dizer que, havia muito, ele se esquecera de tê-la escrito. Mas uma coisa ele não teria esquecido, que é a imprudência de confundir a publicação do que pretendia ser pouco mais que uma diversão literária com o avanço de um teorema ético. O mundo não está afundando sob o peso da boa ficção de passatempo, e é um prazer oferecer como entretenimento o que seria loucura tratar com aquela lamentável seriedade que coloca a literatura no mesmo nível das Escrituras.

O próximo texto deste livro, "O homem que nasceu cego", foi encontrado em um dos cadernos que me foram dados pelo irmão de Lewis. Nunca foi publicado antes e, até onde sei, não foi visto por ninguém durante a vida do autor, à exceção de Owen Barfield e, possivelmente, de J. R. R. Tolkien. Embora eu me arrependa de nunca ter perguntado a Tolkien sobre a história, despertou-me a curiosidade saber que ele a mencionou ao professor Clyde S. Kilby, que diz, em *Tolkien and the Silmarillion* [Tolkien e O Silmarillion] (1976): "Tolkien me contou a história de C. S. Lewis sobre o homem nascido com catarata nos dois olhos. Ele continuava ouvindo as pessoas falarem sobre luz, mas não conseguia entender o que diziam. Depois de uma cirurgia, ele passou a enxergar um pouco, mas ainda não entendia a *luz*. Então, um dia, ele viu uma névoa subindo de um lago (na verdade, disse Tolkien, o lago na frente da casa de Lewis) e pensou que finalmente estava vendo a luz. Em sua ânsia de experimentar a luz real, ele correu alegremente naquela direção e se afogou" (p. 27-8). Como não há menção na história sobre o que causou a cegueira do homem (algumas crianças realmente nascem com catarata), e o homem não se afogou, parece provável que Tolkien tenha ouvido Lewis contar uma versão da história em vez de ter lido a narrativa publicada aqui. Owen Barfield me disse que "O homem que nasceu cego" foi escrito no final da década de 1920, quando ele e Lewis estavam imersos no debate da Grande Guerra sobre Aparência e Realidade, à qual Lewis se refere em sua autobiografia, *Surpreendido pela alegria*.[5] Embora a história seja perfeitamente clara, a "ideia" subjacente foi levada um pouco adiante no ensaio de Lewis "Meditation in a Toolshed"[6] [Meditação em um depósito de ferramentas], no qual ele discute o moderno hábito fatal de sempre olhar *para* as coisas, como um feixe de luz, em vez de olhar não apenas *para* elas, mas *adiante* delas, para os objetos que iluminam. Outra motivação possível para a história pode ter sido o fascínio de Lewis com o relato do homem cego de nascença em Marcos (8:23-25, ACF), onde está registrado que Jesus, "tomando o cego pela mão, levou-o para fora da aldeia; e, cuspindo-lhe nos olhos e impondo-lhe as mãos, perguntou-lhe se via alguma coisa. E, levantando ele os olhos, disse: Vejo os homens; pois os vejo como árvores que andam. Depois disto, tornou a pôr-lhe as mãos sobre os olhos, e o fez olhar para cima: e ele ficou restaurado e viu a todos claramente".

Barfield disse, em sua introdução do livro *Light on C. S. Lewis* [Luz sobre C. S. Lewis] (1965), que Lewis, algum

---

[5] *Surpreendido pela alegria* (Rio de Janeiro: Thomas Nelson Brasil, 2021). Tradução de Eduardo Pereira e Ferreira.
[6] Publicado no *The Coventry Evening Telegraph*, em 17 de julho de 1945.

tempo depois de lhe mostrar a história, "me contou [...] ele havia sido informado por um especialista que um adulto cego adquirir visão não era, de fato, a experiência devastadora que ele imaginara para os propósitos de sua história. Anos depois, encontrei, em um dos livros de Sir Julian Huxley, uma alusão aos resultados iniciais dessa cirurgia, o que sugeria que Lewis os havia, de fato, imaginado com bastante precisão" (p. xviii). Certamente, Lewis continuou *tentando* imaginar os resultados com mais precisão. A história foi escrita nas páginas à direita de um de seus cadernos. Nas páginas da esquerda, em um roteiro escrito alguns anos depois, encontram-se as revisões das partes que descrevem como o protagonista esperava que a luz fosse. Infelizmente, essas partes revisadas não podem ser vinculadas ao restante da versão original, e eu tive de me contentar em publicar a original, a única versão completa da história que existe.

Lewis não gostava desse gênero caótico de histórias que, na literatura, levam o nome de "fluxo de consciência" — ou "*vapor*[7] de consciência", como o ouvi chamar —, pois acreditava que era impossível para a mente humana observar seus pensamentos e, ao mesmo tempo, ser o objeto de seus pensamentos. Isso seria como olhar em um espelho para ver como você é quando não está olhando para si mesmo. Ainda assim, ele achava divertido fingir que estava fazendo algo do gênero, e o resultado é "As Terras Inferiores", que apareceu pela primeira vez em *The Magazine of Fantasy and Science Fiction*, X (fevereiro de 1956), e depois em sua obra *Of Other Worlds: Essays and Stories* [De outros mundos: ensaios e histórias] (1966).

"Anjos ministradores" foi escrito em resposta ao artigo "The Day After We Land on Mars" [O dia após aterrissarmos

---

[7] Lewis faz um jogo de palavras impossível de reproduzir em português: fluxo é *stream*, enquanto vapor é *steam*.

Prefácio

em Marte], do Dr. Robert S. Richardson, e publicado na *The Saturday Review* (28 de maio de 1955). O Dr. Richardson apresentou a séria sugestão de que, "se as viagens espaciais e a colonização dos planetas vierem a se tornar possíveis em uma escala razoavelmente ampla, parece provável que sejamos forçados a, primeiro, tolerar e, por fim, aceitar de modo aberto uma atitude em relação ao sexo, que é tabu em nosso esquema social atual. [...] Para ser franco, não seria necessário, para o êxito do projeto, enviar algumas garotas bonitas a Marte em intervalos regulares para aliviar as tensões e promover o moral?". Exatamente como essas "garotas bonitas" deveriam ser e o tipo de "moral" que promoveriam é o assunto do delicioso "Anjos ministradores", de Lewis, que foi publicado em *The Magazine of Fantasy and Science Fiction*, XIII (janeiro de 1958) e, depois, em *Of Other Worlds*.

Muito antes de alguém pisar na Lua, Lewis previu que "a verdadeira Lua, se for possível alcançá-la e nela sobreviver, seria, em sentido profundo e mortal, como qualquer outro lugar [...]. Nenhum homem acharia uma estranheza duradoura na Lua, a menos que fosse o tipo de homem capaz de encontrá-la em seu próprio quintal". Além da estranheza nativa que Lewis imaginou para Marte em *Além do planeta silencioso*, e para Vênus, em *Perelandra*, ele faz Ransom perguntar: "Todas as coisas que apareceram como mitologia na Terra foram espalhadas por outros mundos como realidades?".

Foi em parte uma resposta a essa pergunta que forneceu a Lewis o tema de sua história "Formas de coisas desconhecidas", cujo manuscrito descobri entre os papéis que me foram entregues pelo Major Lewis. C. S. Lewis talvez tenha decidido não publicá-lo porque supôs que muitos de seus leitores não estariam suficientemente familiarizados com a mitologia clássica para entender sua ideia principal. No entanto, em vez de explicá-la e talvez estragar a surpresa do final, decidi reimprimir a história exatamente como apareceu pela primeira vez em *Of Other Worlds*.

Depois de dez anos é, como *A Torre Sombria*, um fragmento do que pretendia ser um romance completo e é reimpresso de *Of Other Worlds*. Lewis mencionou a ideia do livro a Roger Lancelyn Green em 1959, e os primeiros quatro capítulos foram concluídos logo depois disso. A história começou, como Lewis disse sobre sua trilogia de ficção científica e as sete *Crônicas de Nárnia*, com "ver imagens" em sua cabeça. Seu tempo e sua compaixão foram quase completamente absorvidos nesse período cuidando da esposa doente e muito amada. Quando ela morreu, pouco depois da viagem que o casal fez à Grécia, em 1960, a saúde de Lewis estava abalada, e a fonte de sua inspiração — "ver imagens" em sua cabeça — quase secou. No entanto, ele perseverou, e foi capaz de escrever mais um capítulo. Roger Lancelyn Green, Alastair Fowler e eu, com quem Lewis discutiu a história, acreditávamos que poderia ser uma das melhores e o incentivamos a lhe dar seguimento. Não havia mais "imagens" por vir, mas o desejo ardente de escrever ainda estava lá, e ele me concedeu a maior demonstração de cortesia de todos os tempos, perguntando o que eu gostaria que ele escrevesse. Implorei por "um romance, algo como seus romances de ficção científica", ao que ele respondeu que não havia mercado para esse tipo de coisa naquela época. A Inglaterra e muitos outros países estavam sob o domínio do "realismo de fatia da vida"[8] durante o início dos anos 1960, e nem mesmo Lewis

---

[8] A expressão se refere a uma técnica literária em que se conta uma história com uma amostra arbitrária da vida do personagem, por vezes sem nenhum desenrolar da narrativa e sem desenvolvimento do personagem, resultando, assim, em um final aberto. Em outras formas artísticas, refere-se a um retrato realista da vida cotidiana.

Prefácio

poderia prever o efeito grandioso, quase cataclísmico, que as fantasias de seu amigo Tolkien logo teriam sobre a literatura e nossa compreensão da própria realidade, ou o domínio cada vez maior que as suas próprias teriam. De qualquer forma, Lewis não conseguiu avançar em sua história antes de morrer.

Pelo que sei, Lewis escreveu apenas um rascunho de *Depois de dez anos*, cujo manuscrito foi, novamente, um dos salvos do fogo. Lewis não dividiu os fragmentos em partes (nem deu um título), mas, como cada "capítulo" parece ter sido escrito em uma época diferente, decidi manter essas divisões bastante naturais. Devo alertar o leitor, entretanto, de que o que chamei de capítulo 5 não se segue realmente ao capítulo 4. O autor estava antecipando o final da história. Se ele tivesse concluído, haveria muitos capítulos entre 4 e 5.

Lewis discutiu esse trabalho em detalhes com Roger Lancelyn Green e Alastair Fowler, e eu lhes pedi que escrevessem sobre a conversa que tiveram com ele. A natureza da história — especialmente a brilhante "reviravolta" que aparece no final do primeiro capítulo — torna imperativo que o leitor guarde as anotações deles para o final.

Há muito tempo é sonho de inúmeras pessoas ver a ficção inédita e não reunida de C. S. Lewis em um único volume, de modo que possa ser colocado ao lado de todos os seus outros romances. Essas outras obras (à exceção, é claro, das obras juvenis não publicadas de Lewis) já estão disponíveis em inglês e também em muitas traduções estrangeiras, e consistem em *Além do planeta silencioso*, *Perelandra*, *Aquela fortaleza medonha*, as sete *Crônicas de Nárnia* e *Até que tenhamos rostos*.[9] Aqueles que tiverem esses livros na estante

---

[9] *Até que tenhamos rostos* (Rio de Janeiro: Thomas Nelson Brasil, 2021). Tradução de Jorge Camargo e Ana Paula Spolon.

irão, com a adição de *A Torre Sombria e outras histórias*, ter a ficção completa de C. S. Lewis.

Um livro, depois de lido e manuseado, sempre me pareceu uma parte inevitável da vida — um fato evidente, cujas origens se tornam mais obscuras com o passar do tempo. Antes que este livro se torne uma aparente inevitabilidade, quero registrar minha dívida de gratidão para com meus colegas curadores do Espólio de Lewis, Owen Barfield e o falecido A. C. Harwood, e meus outros bons amigos, Gervase Matthew (que também morreu enquanto este livro estava sendo preparado), R. E. Havard, Colin e Christian Hardie, Roger Lancelyn Green e Alastair Fowler, todos conhecedores de Lewis há mais tempo do que eu. Nesta era de sucesso individual, nem sempre é fácil fazer as pessoas acreditarem que uma pessoa não se diminui ao buscar conselhos de seus superiores naturais, mas eu tenho a nítida percepção de haver crescido como resultado da ajuda e da bondade que Owen Barfield e outros me deram na edição dessas histórias.

WALTER HOOPER
Oxford

I

A Torre Sombria

1

— Claro — disse Orfieu —, o tipo de viagem no tempo sobre o qual você lê nos livros, a viagem no tempo do corpo, é absolutamente impossível.

Éramos cinco no escritório de Orfieu. Scudamour, o mais jovem do grupo, estava ali porque era seu assistente. MacPhee fora convidado para vir de Manchester porque era conhecido por todos nós como um cético inveterado, e Orfieu achava que, uma vez que ele fosse convencido, o mundo erudito em geral não teria desculpa para a incredulidade. Ransom, o homem pálido com a viseira verde sobre os olhos cinzentos e angustiados, estava lá pelo motivo oposto: porque havia sido o herói, ou a vítima, de uma das aventuras mais estranhas que já aconteceram a um homem mortal. Eu estivera envolvido nesse caso — a história está contada em outro livro —, e era a Ransom que eu devia minha presença no grupo de Orfieu. À exceção de MacPhee, podíamos ser descritos como uma sociedade secreta: aquele tipo de sociedade cujos segredos não precisam de senhas, juramentos ou ocultação, pois eles se mantêm automaticamente. Desentendimentos e incredulidade invencíveis os defendem do público, ou, se preferir, protegem o público deles. Muito mais trabalhos desse tipo acontecem do que geralmente se supõe, e os eventos mais importantes de todas as épocas nunca chegam aos livros de história. Nós três sabíamos, e Ransom realmente havia experimentado, quão fina é a crosta que protege a "vida real" do fantástico.

— Absolutamente impossível? — repetiu Ransom. — Por quê?

— Aposto que *você* entende — disse Orfieu, olhando para MacPhee.

— Continue, continue — pediu o escocês com ar de quem se recusa a interromper as brincadeiras das crianças. Todos nós repetimos suas palavras.

— Bem — disse Orfieu —, viajar no tempo significa claramente ir para o futuro ou para o passado. Assim, onde estarão as partículas que compõem seu corpo daqui a quinhentos anos? Elas estarão por toda parte: algumas na terra, algumas em plantas e animais, e algumas no corpo de seus descendentes, se você tiver algum. Dessa forma, ir para o ano 3000 d.C. significa ir para uma época em que seu corpo não existe; e isso significa, segundo uma hipótese, tornar-se nada, e, segundo outra, tornar-se um espírito desencarnado.

— Mas espere um pouco — disse eu, um tanto tolamente. — Você não precisa encontrar um corpo esperando por você no ano 3000. Bastaria levar seu corpo atual.

— Mas você não vê que é exatamente isso que não se pode fazer? — declarou Orfieu. — Toda a matéria que compõe seu corpo agora será usada para propósitos diferentes em 3000.

Eu ainda estava boquiaberto.

— Olhe aqui — disse ele. — Você há de concordar comigo que o mesmo pedaço de matéria não pode estar em dois lugares distintos ao mesmo tempo. Muito bem. Então, suponha que as partículas que atualmente compõem a ponta do seu nariz sejam, no ano 3000, parte de uma cadeira. Se você pudesse viajar para o ano 3000 e, como sugere, levar seu corpo atual, isso significaria que, em algum momento do ano 3000, as mesmas partículas teriam de estar tanto em seu nariz como na cadeira, o que é um absurdo.

— Mas as partículas no meu nariz não estão mudando o tempo todo? — indaguei.

— Muito, muito — respondeu Orfieu. — Mas isso não ajuda. Você precisará ter *algumas* partículas para constituir um nariz em 3000 se quiser ter um corpo lá. E todas as partículas do universo em 3000 já estarão empregadas de outras maneiras, desempenhando suas próprias tarefas.

— Em outras palavras, senhor — disse-me Scudamour —, não há partículas sobressalentes no universo em qualquer dado momento. É como tentar voltar para a faculdade depois de ter saído dela: todos os quartos estão ocupados como no seu tempo, mas por pessoas diferentes.

— Sempre supondo — disse MacPhee — que não haja nenhuma adição real à matéria total do universo em andamento.

— Não — disse Orfieu —, apenas supondo que nenhuma adição apreciável de nova matéria a este planeta ocorra de maneira muito complicada e no grande ritmo que seria exigido pela hipótese de Lewis. Você concorda com o que estou dizendo, presumo?

— Oh, certamente, certamente — respondeu MacPhee sem pressa, carregando nos erres. — Nunca pensei que houvesse algum tipo de viagem no tempo, exceto o tipo que todos já estamos fazendo; quero dizer, viajar para o futuro a uma velocidade de sessenta minutos por hora, goste você ou não. Para mim, seria mais interessante se você pudesse encontrar uma maneira de *pará-lo*.

— Ou de fazê-lo voltar — disse Ransom com um suspiro.

— Voltar enfrenta a mesma dificuldade que avançar, senhor — disse Scudamour. — Você não poderia ter um corpo em 1500, da mesma forma que não poderia tê-lo em 3000.

Houve um momento de pausa. Então, MacPhee falou com um leve sorriso:

— Bem, Dr. Orfieu, amanhã voltarei para Manchester e direi a eles que a Universidade de Cambridge fez uma descoberta notável; ou seja, que um homem em 1938 não pode chegar a 1939 em menos de um ano e que os cadáveres perdem o nariz. E acrescento que seus argumentos me satisfizeram completamente.

A ironia lembrou a Orfieu o verdadeiro propósito de nosso encontro e, após alguns momentos de conversa entusiasmada, mas não indelicada, entre os dois filósofos, acomodamo-nos para ouvir novamente.

— Bem — disse Orfieu —, o ponto que acabamos de discutir me convenceu de que qualquer tipo de "máquina do tempo", qualquer coisa que levasse o corpo a outro tempo, é intrinsecamente impossível. Se quisermos ter experiência de tempos antes de nosso nascimento e depois de nossa morte, isso deve ser feito de maneira bem diferente. Se a coisa é possível, deve consistir em olhar para outro tempo enquanto nós mesmos permanecemos aqui — tal como olhamos as estrelas através de telescópios enquanto permanecemos na Terra. O que se quer, de fato, não é uma espécie de máquina voadora do tempo, mas algo que faça com o tempo o que o telescópio faz com o espaço.

— Na verdade, um *cronoscópio* — sugeriu Ransom.

— Exatamente... obrigado pela palavra. Um cronoscópio. Mas essa não foi minha primeira ideia. A primeira coisa que pensei, quando abandonei a pista falsa de uma máquina do tempo, foi a possibilidade de uma experiência mística. Você não precisa sorrir, MacPhee; você deve cultivar a mente aberta.

De qualquer forma, eu tinha uma mente aberta. Vi que, nos escritos dos místicos, tínhamos um enorme corpo de evidências, vindo de todas as épocas e de lugares distintos, e muitas vezes de forma bastante independente, para mostrar que a mente humana tem o poder, sob certas condições, de se elevar à experiência de estar fora da sequência de tempo normal. Mas isso também provou ser uma pista falsa. Não quero dizer apenas que os exercícios preliminares pareciam extraordinariamente difíceis e, na verdade, envolviam completo abandono da vida normal. Quero dizer que, quanto mais eu investigava, mais claramente via que a experiência mística levava a pessoa completamente para fora do tempo, para o atemporal, não para outros tempos, que era o que eu queria; agora... e o que está divertindo *você*, Ransom?

— Desculpe-me — disse Ransom. — Mas é engraçado, sabe? A ideia de um homem pensar que poderia tornar-se um santo como um detalhe menor em sua formação científica. Você também pode imaginar que poderia usar as escadas do céu como um atalho para a tabacaria mais próxima. Você não vê que, muito antes de atingir o nível de experiência atemporal, teria de se interessar tanto por alguma coisa mais... ou, francamente, por Alguém Mais... que não se importaria com viagens no tempo?

— Hum... bem, talvez — disse Orfieu. — Eu não tinha pensado nisso sob essa ótica. De qualquer forma, pelas razões que acabei de mencionar, decidi que o misticismo era inútil para meu propósito. Foi só então que me ocorreu que o verdadeiro segredo estava muito mais perto de casa. Você conhece as enormes dificuldades de qualquer explicação fisiológica sobre a memória? E você deve ter ouvido falar que, em termos metafísicos, há muito a ser dito sobre a teoria de que a memória é a percepção direta do passado. Cheguei à conclusão de que essa teoria estava certa: que, quando nos lembramos, não estamos simplesmente obtendo o resultado de algo que se passa dentro de nossa cabeça. Estamos vivenciando diretamente o passado.

— Nesse caso — disse MacPhee —, é muito notável que nos lembremos apenas daquelas partes que se enquadram em nossa própria vida e afetaram nosso próprio organismo físico. — Ele pronunciou "órganismo".

— Seria bastante notável — assentiu Orfieu —, se fosse verdade. Mas não é. Se você tivesse lido a história das duas senhoras inglesas no Trianon[1] com a mente aberta, MacPhee, saberia que há registro de pelo menos um caso indiscutível em que as envolvidas viram uma cena inteira de uma parte do passado de muito antes de seu nascimento. E, se você tivesse seguido essa pista, teria encontrado a explicação real de todas as chamadas histórias de fantasmas que pessoas como você têm de explicar. A essa altura, você deve ter percebido que há muita coisa em sua imagem mental de, digamos, Napoleão ou Péricles, que você não se lembra de ter lido em nenhum livro, mas que concorda da maneira mais estranha com as coisas que outras pessoas imaginam a respeito deles. Mas não vou continuar. Você pode dar uma olhada em minhas anotações depois do jantar. De qualquer forma, estou perfeitamente convencido de que nossa experiência do passado, o que você chama de "memória", não se limita à nossa própria vida.

---

[1] Em agosto de 1901, Charlotte Anne Moberly e Eleanor Jourdain, acadêmicas britânicas, caminhavam pelos jardins próximos ao Petit Trianon, no Palácio de Versalhes (França), quando viram figuras fantasmagóricas (incluindo a rainha Maria Antonieta, morta em 1793) que interagiram com elas. As mulheres concluíram que havia ocorrido algo paranormal e que elas, provavelmente, tinham viajado no tempo. Em 1911, publicaram um livro sobre o assunto.

— Pelo menos você vai admitir — disse eu — que nos lembramos de nossa própria vida com muito mais frequência do que de qualquer outra coisa.

— Não, nem isso admito. Parece que o fazemos, e posso explicar a razão disso.

— E qual é? — perguntou Ransom.

— Os fragmentos de nossa própria vida são os únicos fragmentos do passado que reconhecemos. Quando você tem a imagem mental de um garotinho chamado Ransom em uma escola pública inglesa, imediatamente a rotula de "memória", porque sabe que você *é* Ransom e estava em uma escola pública inglesa. Quando tem a imagem de algo que aconteceu eras antes de seu nascimento, você chama isso de imaginação; e, de fato, a maioria de nós no presente não tem nenhum teste para distinguir os fragmentos reais do passado das ficções mentais. Foi por uma sorte incrível que as senhoras do Trianon conseguiram encontrar verificações objetivas que provaram que o que elas tinham visto era parte do passado real. Pode haver uma centena de casos do mesmo tipo sem essas verificações (na verdade, eles ocorrem), e os envolvidos apenas concluem que estiveram sonhando ou tiveram uma alucinação. E, então, naturalmente, silenciam sobre o assunto.

— E o futuro? — indagou MacPhee. — Você não vai dizer que nós nos "lembramos" dele também, não é?

— Não chamaríamos isso de lembrança — disse Orfieu —, pois lembrar implica uma percepção do passado. Mas o fato de que nós vemos o futuro é absolutamente certo. O livro de Dunne[2] provou que...

MacPhee deu um berro como se estivesse com dores.

---

[2] John William Dunne (1875–1949), soldado, engenheiro aeronáutico e filósofo britânico, acreditava ter sonhos precognitivos.

— Muito bem, MacPhee — continuou Orfieu —, mas a única coisa que lhe permite zombar de Dunne é o fato de que você se recusou a realizar os experimentos que ele sugere. Se você os tivesse executado, teria obtido os mesmos resultados que ele obteve, e que eu obtive, e que todos aqueles que se deram ao trabalho obtiveram. Diga o que quiser, mas a coisa está provada. É tão certo quanto qualquer verdade científica.

— Mas olhe aqui, Orfieu — disse eu —, deve haver algum sentido em *não* vermos o futuro. Quero dizer... bem, vamos lá... quem vai ganhar a corrida de barcos este ano?

— Cambridge — respondeu Orfieu. (Eu era o único homem de Oxford presente.) — Mas, falando sério, não estou dizendo que você pode ver todo o futuro nem que pode escolher pedaços do futuro que preferir. Você não pode fazer isso com o presente: você não sabe quanto dinheiro eu tenho no bolso neste momento, ou como está seu rosto, ou mesmo, aparentemente, onde estão seus fósforos. — Ele me emprestou sua própria caixa. — Tudo o que quero dizer é que das inúmeras coisas que passam pela mente a qualquer momento, enquanto algumas são mera imaginação, outras são percepções reais do passado e outras, ainda, percepções reais do futuro. Você não reconhece a maioria das que são do passado e, claro, não reconhece *nenhuma* do futuro.

— Mas devemos reconhecê-las quando chegarem, ou seja, quando ocorrerem no presente — disse MacPhee.

— O que você quer dizer com isso? — perguntou Ransom.

— Bem — disse MacPhee —, se, na semana passada, eu tivesse uma imagem mental desta sala e de todos vocês aí sentados, admito que não a teria reconhecido *na ocasião* como uma imagem do futuro. Mas agora, que estou realmente aqui, eu lembraria que tive uma antevisão disso na semana passada. E isso nunca acontece.

— Acontece, sim — disse Orfieu. — E isso explica a sensação que muitas vezes temos de que algo que estamos experimentando agora já aconteceu antes. Na verdade, isso ocorre com tanta frequência que se tornou a base da religião de meio-mundo... estou falando da crença na reencarnação... e de todas as teorias da Eterna Recorrência, como a de Nietzsche.[3]

— Isso nunca acontece comigo — declarou MacPhee com firmeza.

— Talvez não — disse Orfieu —, mas ocorre com milhares de pessoas. E há uma razão pela qual notamos isso tão pouco. Se há uma coisa que Dunne provou à exaustão é que existe alguma lei na mente que realmente nos proíbe de perceber isso. Em seu livro, ele traz uma série de exemplos de um evento na vida real que se assemelha a um evento em um sonho. E o engraçado é que, se o evento real ocorrer primeiro, você verá a semelhança imediatamente; mas, se o sonho vier primeiro, você simplesmente o ignora até que ele lhe chame a atenção.

— Essa — disse MacPhee secamente — é uma lei muito notável.

— Experimente os exemplos dele — disse Orfieu. — Eles são irresistíveis.

— Sem dúvida — disse Ransom —, deve haver tal lei se quisermos ter a experiência de viver no tempo. Ou, melhor, é o contrário. O fato de termos uma mente que funciona assim é o que nos coloca no tempo.

— Exatamente — disse Orfieu. — Bem, se já concordamos que a mente tem a capacidade intrínseca de perceber o passado e o futuro diretamente, por mais que ela suprima e limite o poder a fim de ser uma mente humana e viver no

---

[3] Friedrich Nietzsche (1844–1900), filósofo e escritor alemão, em sua obra *A gaia ciência*, Livro 4: *Sanctus Januarius*, aforismo 341, "O maior dos pesos", defende essa ideia de tempo cíclico, de eterno retorno.

tempo, qual é o próximo passo? Sabemos que todas as percepções da mente são exercidas por meio do corpo. E descobrimos de que forma ampliá-las por meio de instrumentos, como ampliamos a visão pelo telescópio ou, em outro sentido, pela câmera. Esses instrumentos são realmente *órgãos* artificiais, copiados dos órgãos naturais: a lente é uma cópia do olho. Para fazer um instrumento semelhante de modo a obter nossas percepções de tempo, devemos encontrar o órgão do tempo e depois copiá-lo. E eu afirmo haver isolado o que chamo de substância Z no cérebro humano. Sob o aspecto puramente fisiológico, meus resultados foram publicados.

MacPhee assentiu.

— Mas o que ainda não foi publicado — continuou Orfieu — é a prova de que a substância Z é o órgão da memória e da previsão. A partir disso, consegui construir meu cronoscópio.

Ele se virou e apontou para um objeto que, claro, atraíra grande parte de nossa atenção desde que entramos na sala. Sua característica mais óbvia era um lençol branco de cerca de um metro quadrado esticado sobre uma estrutura de varas, como se fosse uma apresentação de lanterna mágica. Em uma mesa imediatamente antes dele, havia uma bateria com uma lâmpada. Mais alto do que a lâmpada, e posicionado entre ela e o lençol, pendia um pequeno feixe ou emaranhado de algum material diáfano, disposto em um complicado padrão de dobras e circunvoluções, lembrando bastante as formas que um bocado de fumaça de tabaco assume no ar parado. Ele nos deu a entender que aquilo era o cronoscópio propriamente dito. Era do tamanho de apenas um punho humano.

— Eu acendo a luz assim — disse Orfieu, e a lâmpada começou a brilhar, pálida, à luz do dia. Mas ele desligou novamente e continuou. — Os raios passam pelo cronoscópio para o refletor e, então, nossa imagem de outro tempo aparece no lençol.

Houve uma pausa de alguns segundos e então MacPhee disse:

— Vamos, cara. Você não vai nos mostrar nenhuma imagem?

Orfieu hesitava, mas Scudamour, que se levantara, veio em nosso auxílio.

— Acho que podemos mostrar-lhes algo imediatamente — sugeriu ele —, desde que os avisemos para não ficarem desapontados. Vejam bem — acrescentou ele, voltando-se para nós —, o problema é que, no tempo estranho que conseguimos atingir, os dias e as noites não se sincronizam com os nossos. Agora são seis da tarde aqui. Mas *lá*, ou *então*, ou como quiserem chamar, é apenas cerca de uma hora depois da meia-noite, de modo que vocês quase não verão nada. É um grande incômodo para nós, pois significa que toda a nossa observação real tem de ser feita à noite.

Acho que todos nós, até MacPhee, estávamos um pouco empolgados nesse momento, e instamos Orfieu a continuar com sua demonstração.

— Vamos escurecer a sala ou não? — perguntou ele. — Se não o fizermos, vocês verão ainda menos. Se o fizermos, é claro, qualquer um poderá dizer depois que Scudamour e eu estávamos fazendo alguns truques.

Houve um silêncio constrangedor.

— Você vai entender, Orfieu — disse MacPhee —, que não há imputação *pessoal*...

— Está bem, está bem — disse Orfieu com um sorriso. — Ransom, você não vai conseguir enxergar; é melhor vir para o sofá. Todos veem bem a tela?

2

Exceto por um leve zumbido, fez-se silêncio total na sala por alguns momentos, de modo que os ruídos de fora se tornaram perceptíveis, e a lembrança daquele primeiro vislumbre pelo cronoscópio está, na minha mente, para sempre associada ao distante ruído do tráfego além do rio e à voz de um jornaleiro, muito mais perto, anunciando o jornal vespertino. É estranho que não tenhamos ficado mais desapontados, pois o que aparecia na tela não era nada impressionante. Escureceu um pouco no centro e, acima da escuridão, surgiu a leve sugestão de algum objeto redondo ligeiramente mais luminoso do que a alvura circundante do lençol. Isso foi tudo; mas acho que levamos quase dez minutos para nos cansar disso. Então, MacPhee cedeu.

— Pode escurecer sua sala, Orfieu — grunhiu ele.

Scudamour levantou-se instantaneamente. Ouvimos as argolas das cortinas chacoalharem nas hastes; as cortinas eram pesadas e bem ajustadas; o cômodo desapareceu, e nós nos tornamos invisíveis uns para os outros. A única luz agora era a que fluía da tela.

O leitor deve entender de imediato que não era como olhar para uma tela de cinema. Era algo muito mais real do que isso. Uma janela parecia estar aberta diante de nós, através da qual víamos a Lua cheia e algumas estrelas; mais abaixo, a massa de algum grande edifício. Havia uma torre quadrada no prédio e, de um lado dela, brilhava o luar. Acho que distinguimos a forma ondulante das árvores; então, uma nuvem passou pela Lua e, por alguns instantes, ficamos imersos em total escuridão. Ninguém falou. A nuvem passou, impulsionada pelo vento noturno, e a Lua voltou a brilhar, tão brilhante que alguns dos objetos na sala tornaram-se visíveis. Foi tão real que esperei ouvir o barulho do vento nas árvores e quase imaginei que a temperatura tivesse caído. A voz alegre e inexpressiva de Scudamour interrompeu o temor que começava a tomar conta de mim.

— Não haverá mais nada para ver por algumas horas — disse ele. — Estão todos dormindo lá.

Mas ninguém sugeriu que deveríamos abrir as cortinas e voltar à luz do dia.

— Você sabe *quando* é isso? — perguntou Ransom.

— Não podemos descobrir — respondeu Orfieu.

— Você observará — disse MacPhee — que, em termos de tempo astronômico, não pode estar muito longe. A Lua é a mesma, assim como as árvores, pelo que podemos ver delas.

— *Onde* é isso? — perguntei.

— Bem, é muito difícil dizer — respondeu Orfieu. — À luz do dia, parece estar em nossa própria latitude. E, teoricamente, o cronoscópio deveria nos dar uma hora diferente no mesmo lugar... quero dizer, o lugar no qual o observador está. Mas, então, os dias e as noites não coincidem com os nossos.

— Eles não são mais compridos, são? — perguntou, subitamente, MacPhee.

— Não, eles são iguais. São mais ou menos duas horas da manhã, no horário *deles*, o que significa que o meio-dia para eles chegará às quatro horas da madrugada de amanhã.

— Você sabe que época do ano é lá?

— Início do outono.

E, durante todo o tempo, as nuvens continuaram se movendo sobre a face da Lua e se abrindo para revelar o edifício elevado. Não creio que qualquer revelação de algum lugar distante, nem mesmo uma espiada na paisagem dos planetas que giram em torno de Sirius, pudesse ter despertado em mim uma sensação tão espectral de distância quanto o lento e inofensivo progresso daquela noite com vento, passando não sabíamos quando.

— É no futuro ou no passado? — perguntei.

— Não é um período conhecido pela arqueologia — respondeu Orfieu.

Novamente ficamos em silêncio e observamos.

— Você tem algum controle sobre a direção disso... quero dizer, a direção disso no espaço? — perguntou MacPhee.

— Acho melhor você responder a essa, Scudamour — disse Orfieu. — Você realmente tem muito mais prática com a coisa agora do que eu.

— Bem — começou Scudamour —, não é muito fácil de explicar. Se você girar a tela para tentar alcançar um pouco da paisagem, digamos, para a esquerda da Torre Sombria...

— Da quê? — interrompeu Ransom.

— Ah... Orfieu e eu chamamos esse grande edifício de Torre Sombria... de Browning,[4] sabe... Veja, ele e eu tivemos de conversar bastante sobre essas coisas, e é conveniente termos nomes. Bem, se você tentasse ver o que está mais à esquerda virando tudo ao contrário, não conseguiria. A imagem simplesmente desliza para fora da tela e você nada obtém. Por outro lado, a visão muda de vez em quando, seguindo o que Orfieu e eu chamamos de "linhas de interesse". Ou seja, seguirá uma única pessoa subindo as escadas e entrando na Torre Sombria... ou um navio descendo o rio. Certa vez, seguiu uma tempestade por quilômetros.

— O interesse de *quem* isso segue? — perguntou MacPhee, mas ninguém respondeu, pois Ransom disse no mesmo instante:

— Você mencionou pessoas. São pessoas de que tipo?

— Não, não — disse MacPhee. — Não deixe que eles comecem a descrever. Queremos que nossas observações sejam absolutamente independentes.

— Muito bem — disse Orfieu.

— Você diz que isso segue um homem até a Torre Sombria — observei. — Você quer dizer mesmo que isso o segue até desaparecer lá dentro?

---

[4] "Childe Roland to the Dark Tower Came" [Childe Roland à Torre Sombria chegou] é um poema narrativo do poeta e dramaturgo inglês Robert Browning (1812–89).

— Não — respondeu Scudamour. — Isso vê através de paredes e coisas. Sei que tudo soa bastante surpreendente, mas lembrem-se de que se trata de uma memória externa ou artificial e uma antevisão, assim como a lente é um olho externo. Isso se comporta exatamente como a memória: movendo-se de um lugar para outro e, às vezes, pulando, obedecendo a leis que ainda não conhecemos.

— Mas tudo mais ou menos no mesmo lugar — acrescentou Orfieu. — Não costumamos nos afastar mais de dez quilômetros da Torre Sombria.

— Isso não é muito parecido com a memória — observei.

— Bem, não — concordou Orfieu; e fez-se silêncio. O vento parecia estar se tornando uma tempestade na terra que estávamos olhando. As nuvens se seguiram umas às outras, em uma sucessão cada vez mais rápida ao longo da face da Lua, e, à direita da imagem, a ondulação das árvores tornou-se distintamente perceptível. Por fim, nuvens pesadas surgiram, toda a cena desapareceu em um monocromo de cinza-escuro, e Scudamour apagou a luz e abriu as cortinas. Piscamos com a repentina chegada da luz do dia, e houve uma mudança geral de posição e de respiração, como entre homens cuja atenção foi tensa.

— São quinze para as sete. — disse Orfieu. — É melhor pensarmos em nos preparar para o jantar. Todo mundo, exceto o velho Knellie, está em férias; então, devemos conseguir escapulir logo depois.

Durante toda a nossa estada na faculdade com Orfieu, seu velho colega Knellie (Cyril Knellie, o agora quase esquecido autor de *Erotici Graeci Minimi* [O mínimo do erotismo grego], *Conversas à mesa de uma famosa cortesã florentina e Lesbos: uma mascarada*) foi um grande teste para nós. Não seria justo mencioná-lo em uma história sobre Cambridge sem acrescentar que Oxford produziu Knellie e, de fato, cuidou dele até seus quarenta anos. Agora, ele era um homem pálido e atrofiado, com um bigode branco e uma pele de cetim muito enrugada; vestido zelosamente; cuidadoso com a alimentação; um pouco exótico nos gestos; e muito ansioso para ser considerado um homem do mundo. Ele era o tipo afável de chato, e eu era sua vítima preferida. Por haver cursado minha antiga faculdade, em algum momento dos anos 1890, ele se dirigia a mim como Lu-Lu, um apelido de que particularmente não gosto. Quando o jantar acabou, e Orfieu mal havia começado a pedir desculpas ao velho por nos retirar por motivo de trabalho urgente, ele ergueu o dedo indicador graciosamente, como se tivesse aprendido o truque há pouco tempo.

— Não, Orfieu — disse ele. — Não. Prometi ao pobre Lu-Lu um pouco do *verdadeiro* clarete, e não vou deixar que você o leve embora agora.

— Oh, não se preocupe comigo — disse eu, apressadamente.

[Aqui falta a folha 11 do manuscrito, cerca de 475 palavras.]

qualquer palavra minha poderia descrever.

Bêbados de cansaço, e talvez um pouco bêbados de clarete também, Ransom e eu saímos ao ar livre. Os aposentos de Orfieu ficavam do outro lado do pátio. A luz das estrelas e o doce frescor do verão acalmaram nosso humor. Percebemos de novo que, por trás de algumas janelas, a menos de cinquenta metros de distância, a humanidade estava abrindo uma porta que estivera selada desde o início, e que uma série de consequências incalculáveis, para o bem ou para o mal, estava em curso.

— O que você acha disso tudo? — perguntei.

— Não gosto disso — respondeu Ransom. Depois de uma breve pausa, ele acrescentou: — Mas posso lhe dizer uma coisa: já vi aquele prédio, que Scudamour chama de Torre Sombria, antes.

— Você não acredita em reencarnação?

— Claro que não. Eu sou cristão.

Pensei por um minuto.

— Se está no passado — disse eu —, então, segundo a teoria de Orfieu, não há razão para que muitas pessoas não se "lembrem" da Torre Sombria.

A essa altura, havíamos chegado à escadaria do andar de Orfieu.

Suponho que nossa experiência no momento de entrar na sala deve ter sido mais ou menos como a de entrar no cinema; haveria a mesma escuridão geral, a tela iluminada e o tatear por assentos desocupados. Mas teria sido diferente de uma sala de cinema por causa do silêncio fantasmagórico em que a "imagem" prosseguia. Tudo isso, porém, só posso conjecturar à luz de experiências posteriores com o cronoscópio. Não me lembro de nada a respeito de nossa entrada naquela noite em particular. O que se seguiu apagou o resto, pois o destino escolheu esta noite para nos lançar brutalmente, e sem gradações suaves, em algo tão chocante que, se eu não tivesse tido a preocupação de registrá-lo para sempre em minha mente, talvez já tivesse sumido por completo de minha consciência.

Vou contar o que vimos na ordem que o tornará mais claro, não na ordem que minha atenção realmente seguiu. A princípio, eu não tinha olhos exceto para o Homem; mas, aqui, a sala em que ele se sentou será descrita primeiro.

Estávamos olhando para uma câmara de pedra marrom-acinzentada, que parecia ser iluminada pela luz da manhã por janelas que não estavam em nosso campo de visão. A sala tinha mais ou menos a largura da tela, de modo que podíamos ver as paredes de cada lado, bem como a parede de frente para nós, e cada uma dessas três paredes estava coberta até o chão com decorações em baixo-relevo. Não havia superfície plana na qual se pudesse colocar a ponta de um canivete. Acho que foi essa intensa aglomeração de ornamentos que produziu principalmente o efeito desagradável do lugar, pois não me lembro de nada especialmente grotesco ou obsceno em nenhuma figura. Mas nenhuma figura era única. Você perceberia um padrão floral, mas as flores individuais eram repetidas até que a mente girasse. Mais acima, talvez houvesse uma cena de batalha, e os soldados eram tão numerosos quanto os de um exército real; e, acima disso, uma frota, cujas velas não podiam ser contadas, navegando em um mar em que onda se ergue após onda para sempre, e cada onda foi feita com os mesmos detalhes implacáveis, até onde finalmente um regimento de besouros parecia estar marchando em direção à costa, cada besouro distinguível, as próprias juntas de suas armaduras traçadas com a precisão de um entomologista. O que quer que alguém olhasse, estava ciente de mais, e ainda mais, à esquerda daquilo e à direita daquilo, acima e abaixo, tudo igualmente elaborado, repetitivo, microscópico e igualmente clamando por uma atenção que não se podia ter esperança de dar, e ainda assim tinha dificuldade em reter. Como resultado, todo o lugar parecia explodir, não posso dizer com vida (a palavra é muito doce), mas com algum tipo obscuro de fertilidade. Era algo extraordinariamente inquietante.

A cerca de um metro e meio da frente, um degrau alto atravessava a sala, de modo que a parte mais distante formava uma espécie de estrado e, nas paredes laterais em cada extremidade do estrado, havia portas. Metade desse estrado, à nossa esquerda, era protegida por uma espécie de meia--parede ou balaustrada, que se erguia cerca de um metro e meio da superfície do estrado e um metro e meio da parte inferior e mais próxima do piso. Saía para o meio da sala e ali parava, deixando o resto do estrado visível. A cadeira em que o Homem estava sentado fora colocada no piso inferior, em frente à balaustrada. Ele era, portanto, invisível a qualquer um que entrasse na sala ao longo do estrado pela porta à esquerda.

Contra a parede da direita, bem à frente e na face oposta ao Homem, havia um pilar baixo e sólido, sob o qual estava um ídolo curioso. A princípio, mal consegui entender o que era, mas agora eu o conheço o suficiente. É uma imagem na qual vários pequenos corpos humanos culminam em uma única grande cabeça. Os corpos estão nus, alguns masculinos e outros femininos. Eles são muito desagradáveis. Não acho que tenham um propósito lascivo, a menos que o gosto de Outrotempo em tais assuntos seja notavelmente diferente do nosso. Eles parecem antes expressar uma visão selvagemente satírica, como se o escultor odiasse e desprezasse o que estava fazendo. De qualquer forma, por qualquer motivo, formas enrugadas ou inchadas predominam, e há um tratamento gratuito tanto da anatomia mórbida quanto de características sexuais senis.

Então, no topo, há uma cabeça enorme, a cabeça comum a todas essas figuras. Após ampla discussão com meus colegas, decidi não tentar descrever esse rosto. Se não fosse reconhecível (e é difícil transmitir o efeito de um rosto em palavras), seria inútil; por outro lado, se muitos leitores, especialmente os menos equilibrados, reconhecessem o rosto, os resultados poderiam ser desastrosos. Pois, neste ponto, devo fazer certa afirmação, embora o leitor não seja capaz de entendê-la até que tenha avançado na leitura do livro. É a seguinte: que o ídolo de muitos corpos ainda está lá naquela sala. A palavra *ainda* é, de certa forma, enganosa, mas não posso evitá-la. O que quero enfatizar é que as coisas que estou descrevendo ainda não terminaram.

Acredito que toda essa descrição da sala é necessária. MacPhee, que está ao meu lado enquanto escrevo, diz que a estou alongando simplesmente para adiar o momento de descrever o Homem. E ele talvez esteja certo. Admito com franqueza que a memória a partir da qual escrevo é extremamente desagradável e que luta da maneira mais obstinada possível para não se expressar em palavras.

No entanto, na aparência geral do Homem, não havia nada que chocasse alguém. O pior que se pode dizer de seu rosto é que, segundo nossos padrões, era singularmente sem atrativos. Ele tinha a tez amarelada, mas não mais do que muitos asiáticos, e tinha lábios ao mesmo tempo grossos e planos, como os de um rei assírio esculpido. O rosto aparecia no meio de uma massa de cabelos e barba pretos. Mas a palavra *pretos* é inadequada. As massas rígidas e pesadas, que lembram novamente a escultura, não poderiam ter sido alcançadas em nossa raça sem o uso de óleo, e cabelos tão negros seriam, entre nós, lustrosos. Mas esse cabelo não mostrava brilho natural nem brilho de óleo. Era de um preto deslustroso, como as trevas em um depósito de carvão, uma mera negação de cor; e assim também eram as pesadas vestes nas quais o Homem estava envolto até os pés.

Ele se sentou perfeitamente imóvel. Depois de vê-lo, acho que nunca mais voltarei a descrever alguém em nosso tempo como "perfeitamente imóvel". Sua imobilidade não era como a de um homem adormecido nem como a do modelo de um artista: era como a de um cadáver. E, estranhamente, essa imobilidade teve o curioso efeito de sugerir que toda a ação cessou de repente, como se algo tivesse caído, como a lâmina de uma guilhotina, e interrompido toda a história do Homem em um momento. Mas, pelo que se seguiu, deveríamos ter pensado que ele estava morto ou que era uma figura de cera. Seus olhos estavam abertos, mas o rosto não tinha expressão, pelo menos nenhuma que pudéssemos interpretar.

MacPhee diz que estou novamente prolongando minha descrição de forma desnecessária; dando voltas e voltas, enquanto a coisa mais importante sobre o Homem ainda tem de ser descrita. E ele está certo. O absurdo anatômico, a coisa incrível: como posso escrevê-lo com sangue frio? Talvez você, leitor, vá rir. Nós, porém, não rimos, nem então, nem desde então, em nossos sonhos.

O Homem tinha um ferrão.

Estava em sua testa, como o chifre de um unicórnio. A carne da testa era arqueada e enrugada bem no meio, logo abaixo do cabelo, e dela saía o ferrão. Não era muito grande. Era largo na base e estreitava-se rapidamente até a ponta, de modo que seu formato era mais o de um espinho em um galho de rosa, ou de uma pequena pirâmide, ou de um "homem" em um jogo de halma.[5] Era duro e caloso, mas não como osso. Era vermelho, como a maioria das coisas em um homem, e aparentemente lubrificado por algum tipo de saliva. É assim que MacPhee me diz que devo descrevê-lo. Mas nenhum de nós teria sonhado em dizer "lubrificado" ou "salivado" na época: todos pensamos o que Ransom pensou e disse:

— Pingando veneno. O bruto... o sujo, o bruto sujo.

— Isso já apareceu antes? — perguntei a Orfieu.

— Vez ou outra — respondeu ele, em voz baixa.

— Onde fica isso?

— Dentro da Torre Sombria.

— Silêncio! — pediu MacPhee de repente.

A menos que você estivesse sentado conosco na sala escura e visto o Homem com Ferrão, dificilmente seria capaz de imaginar com que alívio, com que mudanças na cadeira e na respiração, vimos que a porta à esquerda do quarto de Outrotempo se abrira e que um jovem havia entrado no estrado.

---

[5] Halma (que significa "salto" em grego) é um jogo que tem por objetivo transferir todas as peças do jogador para o canto oposto à posição inicial, do outro lado do tabuleiro.

Nem mesmo você vai entender em que medida amamos aquele jovem. Mais de um de nós confessou depois que sentiu o impulso irracional de alertá-lo sobre o horror sentado em silêncio na cadeira — de gritar, como se nossa voz pudesse alcançá-lo através de tantos séculos desconhecidos entre nós e a Torre Sombria.

O jovem estava escondido da cintura para baixo pela balaustrada; o que era visível dele estava nu. Ele era um sujeito bem musculoso, bronzeado pela exposição ao ar livre, e andava devagar, olhando diretamente para a frente. Seu rosto não parecia muito inteligente, mas tinha uma expressão franca e agradável, refletindo, aparentemente, algo como reverência religiosa. Assim ele parece, pelo menos quando tento analisar minha memória: naquele momento, ele me pareceu um anjo.

— Qual é o problema? — perguntou MacPhee a Orfieu, que, de repente, levantou-se.

— Já vi isso ser feito antes — respondeu ele, secamente.
— Vou sair para dar uma volta ao ar livre.

— Acho que vou com você — disse Scudamour, e os dois saíram da sala. Não entendemos isso na ocasião.

Enquanto essas palavras eram ditas, o jovem já havia avançado para a parte aberta do estrado e descido para o andar inferior. Agora vimos que ele estava descalço e vestido apenas com uma espécie de *kilt*. Obviamente, ele estava envolvido em algum ato ritual. Sem nunca olhar para trás de si, ele permaneceu imóvel por um instante, com o olhar fixo no ídolo. Então, curvou-se a ele. Quando se endireitou, deu três passos para trás. Isso o levou a uma posição em que suas panturrilhas quase tocavam os joelhos do Homem com Ferrão. O último permaneceu imóvel como sempre, e sua expressão não mudou; na verdade, nenhum deles deu qualquer sinal de que estava ciente da presença do outro. Vimos os lábios do jovem movendo-se como se estivesse repetindo uma oração.

De repente, com um movimento rápido demais para um humano, tanto quanto sua imobilidade anterior havia sido absoluta — um movimento certeiro como o de uma libélula —, o Homem com Ferrão estendeu as mãos e agarrou o outro pelos cotovelos e, ao mesmo tempo, baixou a cabeça. Suponho que foi o ferrão que fez esse movimento parecer tão grotescamente animal; a criatura, obviamente, não estava deixando a cabeça afundar em pensamentos como um homem faria; ele estava colocando-a na posição como a de uma cabra que vai dar uma cabeçada.

Uma convulsão terrível passou pelo corpo da vítima assim que se sentiu agarrada; e, quando a ponta do ferrão penetrou-lhe as costas, vimos o jovem se contorcer por causa da tortura, e o suor reluziu em seu rosto subitamente empalidecido. O Homem o havia ferroado aparentemente na espinha, pressionando a ponta da agulha do ferrão, nem rápida nem lentamente, com a acurácia de um cirurgião. A resistência de sua vítima não durou muito: os membros do jovem relaxaram, e ele ficou pendurado nas mãos do executante. Eu pensei que a ferroada o havia matado. Mas, pouco a pouco, enquanto observávamos, a vida voltou a ele... mas uma vida diferente. Agora, ele estava novamente de pé sobre as próprias pernas, não mais pendurado, mas com a postura rígida. Seus olhos estavam bem abertos e seu rosto exibia um sorriso fixo. O Homem com Ferrão soltou o jovem. Sem olhar para trás nem uma vez, ele pulou de volta para o estrado. Desfilando com movimentos impetuosos e espasmódicos, levantando os pés desnecessariamente alto e balançando os braços como se estivesse no ritmo da intensa gabolice de alguma marcha abominável, ele prosseguiu em sua caminhada ao longo do estrado e, por fim, deixou a sala pela porta à nossa direita.

Quase ao mesmo tempo, a porta da esquerda se abriu e outro jovem entrou.

A fim de evitar repetir o que espero apagar para sempre de minha memória quando este livro terminar, posso também dizer, aqui e agora, que vi esse processo ser realizado cerca de duzentas vezes durante nossos experimentos com o cronoscópio. O efeito sobre as vítimas era sempre o mesmo. Elas entravam na sala como homens ou (mais raramente) como mulheres; e a deixavam como autômatos. Em recompensa, se isso pode ser chamado de recompensa, elas entravam amedrontadas e deixavam tudo com a mesma gabolice mecânica. O Homem com Ferrão não demonstrava crueldade nem piedade. Sentava-se imóvel, preso, aferroava e tornava a sentar-se imóvel, com a precisão desapaixonada de um inseto ou de uma máquina.

Nessa sessão, vimos apenas quatro homens envenenados; depois disso, vimos outra coisa que, receio, deve ser contada. Cerca de vinte minutos depois que seu último paciente saiu da sala, o Homem com Ferrão levantou-se da cadeira e avançou: veio para o que não pudemos deixar de considerar a frente do palco. Então, nós o vimos de frente pela primeira vez; e ali ele ficou olhando.

— Santo Deus! — exclamou Ransom, de repente. — Ele está nos vendo?

— Não pode ser, não pode ser! — rebateu MacPhee. — Ele deve estar olhando para a outra parte da sala, a parte que não podemos ver.

No entanto, o Homem com Ferrão moveu lentamente os olhos, exatamente como se estivesse nos avaliando, a nós três, um a um.

— Por que diabos Orfieu não volta? — indaguei, e percebi que estava gritando. Meus nervos estavam muito abalados.

E o Homem com Ferrão, ao que parecia, continuava olhando para nós, ou olhava para as pessoas em seu próprio mundo que, por algum motivo, ocupavam os mesmos lugares em relação a ele que nós. Isso durou, suponho, cerca de dez minutos. O que se seguiu deve ser descrito de modo breve e vago. Ele, ou aquilo, começou a fazer uma série de atos e gestos tão obscenos que, mesmo depois das experiências que já havíamos tido, eu mal podia acreditar no que via. Se você tivesse visto um menino de rua atrevido fazendo as mesmas coisas nos fundos de um armazém, nas docas de Liverpool, com um sorriso no rosto, teria estremecido. Mas o horror peculiar do Homem com Ferrão era que ele fazia tais gestos com autêntica gravidade e com uma solenidade ritual, e o tempo todo ele olhava, ou parecia olhar, sem piscar, para nós.

De repente, toda a cena desapareceu e nós vimos, mais uma vez, o exterior da Torre Sombria, o céu azul por trás dela e as nuvens brancas.

3

No dia seguinte, sentados no Fellows' Garden,[6] fizemos nosso planejamento. Estávamos abatidos, devido ao sono insuficiente e à doçura do final do verão ao redor. Abelhas zumbiam nas dedaleiras e um gatinho, que se colocara sem ser chamado nos joelhos de Ransom, esticou as patas, numa tentativa vã de pegar, ou tocar, a fumaça de seu cigarro. Elaboramos um cronograma segundo o qual nos revezaríamos como observadores no cronoscópio. Não me lembro dos detalhes, pois quando alguém estava de folga frequentemente aparecia no turno do outro para compartilhar a observação, ou então éramos chamados para ver algum fenômeno especialmente interessante, de modo que toda aquela quinzena está confusa em minha mente. A faculdade estava tão vazia que Orfieu

---

[6] Um dos jardins da Universidade de Cambridge.

conseguiu encontrar quartos para todos nós em seu próprio andar. A coisa toda, exceto as cenas do próprio cronoscópio, volta-me como um vago caos de telefonemas à meia-noite e cafés da manhã ao meio-dia, de sanduíches de madrugada, banhos e raspagem de barbas em horários inusitados, e sempre, como pano de fundo, aquele jardim que, seja à luz das estrelas ou do sol, tantas vezes parecia nosso único elo com a sanidade.

— Bem — disse Orfieu, ao terminar de ler o cronograma corrigido —, está resolvido. E não há realmente razão alguma para que você não tire alguns dias de folga no final da próxima semana, Scudamour.

— Está indo embora? — perguntei.

— Não — respondeu Scudamour. — Minha noiva está vindo... claro que posso adiar isso até outubro.

— De jeito nenhum, cara, de jeito nenhum — disse MacPhee. — Se você tem observado aqueles demônios durante todo este semestre, vai querer mudar de ares. Mande-o passar o fim de semana fora, Orfieu.

Orfieu assentiu e depois sorriu.

— Você não gosta deles? — perguntou ele.

— Gostos e desgostos não devem ser trazidos para a ciência, confesso — disse MacPhee. E, depois de uma pausa, prosseguiu: — Cara, eu gostaria de saber se isso está no futuro ou no passado. Mas não pode ser o passado. Certamente restariam alguns vestígios dessa civilização. E se for o futuro... Deus, pensar que o mundo chegará *àquilo* e que nada que possamos fazer impedirá isso.

— Não acredito — disse eu — que os arqueólogos saibam metade do que você imagina. Afinal, é apenas por acaso que potes e caveiras são deixados para trás para serem desenterrados. Pode ter havido dezenas de civilizações que não deixaram vestígios.

— O que você acha, Ransom? — indagou Orfieu.

Ransom estava sentado com os olhos baixos enquanto brincava com o gatinho. Ele estava muito pálido e não ergueu o olhar ao responder.

— Se você quer saber a verdade, temo que as coisas que vimos ontem à noite estejam no futuro para qualquer um de nós. — Então, percebendo que não entendíamos, acrescentou com visível relutância: — Acho que a Torre Sombria está no inferno.

A observação poderia ter parecido, pelo menos para alguns de nós, uma excentricidade inofensiva, mas suponho que as experiências da noite anterior nos deixaram em uma condição ligeiramente anormal. De minha parte, lembro-me de sentir naquele momento, que se revelou inesquecível, uma raiva intensa contra Ransom, combinada com uma irrupção de pensamentos arcaicos e estranhamente incomuns; pensamentos sem nome e sensações que pareciam brotar de um passado remoto, quase pré-natal. Orfieu não disse nada, mas bateu o cachimbo na estrutura da espreguiçadeira com tanta violência que o quebrou e atirou os fragmentos fora, com uma imprecação. MacPhee soltou um de seus grunhidos guturais e encolheu os ombros. Até Scudamour torceu o nariz como se algo indecente tivesse sido feito e começou a cantarolar uma melodia. Havia ódio absoluto no ar. Ransom continuou a acariciar o gatinho.

— Veja bem — disse MacPhee —, não estou admitindo que essas coisas estejam no passado ou no futuro. Tudo isso pode ser apenas uma alucinação.

— Você tem liberdade para fazer as investigações que quiser — disse Orfieu com o que me pareceu uma grosseria tão desnecessária que eu disse (bem mais alto do que pretendia):

— Ninguém está falando sobre investigações. Ele disse uma alucinação, não um truque.

— Não fomos nós que primeiro insistimos em deixar a sala às escuras, senhor — disse-me Scudamour com uma polidez gélida.

— O que diabos você está sugerindo? — perguntei.

— É você quem está fazendo sugestões, senhor.

— Não estou fazendo nada disso.

—O que diabos há com vocês dois? — perguntou MacPhee.

— Hoje vocês estão parecendo um bando de crianças.

— Foi o Sr. Lewis quem primeiro usou a palavra *truque* — disse Scudamour.

MacPhee estava prestes a responder quando, de repente, Ransom comentou com um sorriso:

— Sinto muito.

Então, colocando silenciosamente o gatinho no chão, levantou-se e foi embora. O estratagema havia funcionado de forma admirável. Nós, os quatro restantes, de imediato começamos a discutir as peculiaridades de Ransom e, em poucos minutos, tínhamos mais uma vez nos convencido a ficar de bom humor.

Uma narrativa contínua de nossas observações e de nossa vida deste ponto até a noite em que as verdadeiras aventuras tiveram início de nada serviria. Vou me contentar em registrar duas ou três coisas que agora parecem importantes.

Em primeiro lugar, nós nos familiarizamos com o exterior da Torre Sombria à luz do dia. Aprendemos que a edificação estava inacabada — o que a noite havia escondido durante minha primeira visão dela. O andaime ainda estava erguido e bandos de trabalhadores trabalhavam ativamente nele do nascer ao pôr do sol. Eram todos como o jovem que eu vira automatizado pelo Homem com Ferrão e, como ele, não usavam roupas, exceto um *kilt* curto de algum tecido vermelho. Nunca vi trabalhadores mais enérgicos. Eles pareciam correr em suas tarefas como formigas, e a rápida complexidade de suas multidões em movimento era a característica mais notável de toda a cena. O pano de fundo de suas atividades era a região plana e bem arborizada ao redor da Torre Sombria; não havia outros edifícios à vista.

Mas os trabalhadores não eram os únicos personagens da cena. De vez em quando, ela era invadida pelo que pareciam ser soldados ou policiais: colunas de homens empertigados e sorridentes cujos movimentos mecânicos deixavam claro que haviam passado por aquela dolorosa operação. Pelo menos eles se comportavam exatamente como o jovem trabalhador se comportou após a ferroada, o que nos levou a concluir que o comportamento deles tinha a mesma causa. Além das colunas em marcha, havia invariavelmente alguns pequenos destacamentos desses "Estúpidos", como os chamávamos, postados aqui e ali, aparentemente para supervisionar o trabalho. A refeição do meio-dia para os trabalhadores era trazida por um grupo de Estúpidas. Cada coluna tinha suas bandeiras e sua banda, e mesmo os pequenos destacamentos costumavam ostentar algum instrumento musical. Para nós, é claro, o mundo todo do Outrotempo parecia absolutamente silencioso; na verdade, entre as bandas e o barulho dos trabalhadores, as pessoas deviam se alimentar cercadas de som. Os guardas carregavam chicotes, mas nunca os vi atingindo os operários. De fato, os Estúpidos pareciam ser populares, e a chegada de um de seus maiores grupos era geralmente saudada com uma breve interrupção do trabalho e com gestos que sugeriam aplausos.

Não consigo lembrar quantas vezes havíamos estudado essa cena antes de começar a notar o homem a quem chamamos de "Sósia de Scudamour". Foi MacPhee quem lhe deu esse nome. Dois homens, perto da frente de nosso campo de visão, estavam empenhados em serrar um bloco de pedra, e eu acho que todos nós ficamos intrigados por algum tempo com algo indefinidamente familiar no rosto de um deles, quando, de repente, o escocês gritou: "É seu sósia, Scudamour. Olha isso, cara. É seu sósia".

Uma vez que a coisa foi declarada, não havia como negar. Um dos trabalhadores era mais do que parecido com Scudamour: ele *era* Scudamour, unha por unha, cabelo por cabelo, e a própria expressão do rosto, quando ele olhou para cima com o objetivo de fazer um comentário ao outro serrador, era igual à que todos nós tínhamos visto no rosto de Scudamour uma dúzia de vezes naquela mesma manhã. Um ou dois de nós tentaram tratar a coisa como piada, mas eu acho que o próprio Scudamour se sentiu desconfortável com isso desde o início. No entanto, isso tinha a vantagem de tornar essas cenas movimentadas (que, com frequência, ocupavam o cronoscópio por horas a fio) mais interessantes. Escolher o Sósia no meio da multidão e segui-lo aonde quer que fosse tornou-se nossa diversão; e, quando alguém voltava às nossas sessões depois de uma ausência, sua primeira pergunta, em geral, era: "Como está indo o Sósia?".

De vez em quando, a cena mudava, assim como muda na imaginação. Nunca descobrimos o porquê. Sem qualquer capacidade de resistir, de repente nos encontrávamos de volta à câmara do Homem com Ferrão e, de lá, éramos levados para quartos parecidos com barracas, onde víamos Estúpidos comendo, ou então para algum pequeno cubículo semelhante a uma cela, onde um trabalhador cansado dormia, e novamente para as nuvens e a copa das árvores. Com frequência, passávamos horas a fio olhando para coisas que a repetição já havia estragado, e éramos atormentados por vislumbres apressados do que era novo e interessante.

E, durante todo esse tempo, nenhum de nós duvidou de estar olhando para o futuro remoto ou para o passado distante, embora MacPhee às vezes sentisse que era seu dever lembrar-nos de que isso ainda não estava provado. E, até então, nenhum de nós havia notado a coisa mais óbvia sobre as cenas que estávamos vendo.

Temos uma dívida com MacPhee por essa descoberta. Mas, antes que ela possa ser contada, há mais uma cena a ser gravada. No que me diz respeito, começou com minha visita ao "observatório", como agora chamávamos a pequena sala de estar de Orfieu, antes de ir para a cama, por volta das cinco da manhã. Scudamour estava de plantão, e eu lhe perguntei, como sempre, como o Sósia estava.

— Acho que ele está morrendo — disse Scudamour.

Olhei para a tela e logo vi o que ele queria dizer. Tudo estava muito escuro, mas, à luz de uma única vela, pude ver que tínhamos diante de nós o interior de uma das pequenas celas da Torre Sombria. Ali havia pouco mais do que uma cama baixa e uma mesa. Na cama, estava sentado um homem nu que curvava a cabeça até quase tocar os joelhos e, ao mesmo tempo, pressionava as duas mãos na testa. Enquanto eu olhava, ele de repente se endireitou, como alguém em quem um período de resistência obstinada deu lugar a uma dor insuportável. Ele se levantou e olhou freneticamente ao redor; seu rosto estava lívido e marcado pelo sofrimento, mas eu o reconheci como o Sósia. Ele deu duas ou três voltas pela sala e logo parou junto à mesa para beber avidamente de uma jarra que estava ali. Então, ele se virou e tateou a parte de trás da cama. Encontrou ali um trapo, mergulhou-o na jarra e apertou-o, pingando água contra a testa. Ele repetiu o processo várias vezes, mas, aparentemente, sem obter alívio, pois, por fim, jogou o pano para longe com um gesto de impaciência e se estendeu na cama. Um momento depois, ele estava inclinado novamente, apertando a testa e balançando para a frente e para trás, enquanto os ombros tremiam, como se ele soluçasse.

— Isso está acontecendo há muito tempo? — perguntei.

— Sim, há muito tempo.
Houve uma pausa.
— Pobre diabo! — explodiu Scudamour. — Por que eles não fazem alguma coisa por ele? Por que ele não vai buscar ajuda? Deixá-lo assim... que tempo nojento é esse Outrotempo!

Com certeza, era extremamente doloroso ter de assistir a um semelhante, mesmo que se encontrasse muitos séculos distante, sofrendo assim, e ser incapaz de fazer, ou mesmo de dizer, qualquer coisa para confortá-lo. Era tudo tão real, tão parecido com algo acontecendo na mesma sala, que nós dois sentimos certa culpa por sermos apenas espectadores passivos. Ao mesmo tempo, a energia incomum da voz de Scudamour, com uma pitada de histeria nela, surpreendeu-me. Sentei-me na cadeira ao lado dele.

— Eu queria que Deus nunca nos tivesse deixado começar este cronoscópio do inferno — disse ele em seguida.

— Bem — respondi —, suponho que você e Orfieu já tiveram o suficiente disso.

— O suficiente...!

— Olhe, não deixe isso irritar você. Como não podemos fazer nada por aquele pobre coitado, não vejo sentido em vigiá-lo durante toda a noite.

— No momento em que eu parar, a cena pode mudar.

— Bem, eu vou ficar. Não estou particularmente com sono.

— Nem eu. E não há nada de errado com meus nervos, só estou com uma dor de cabeça terrível. De qualquer forma, obrigado.

— Se você está com dor de cabeça, certamente é melhor parar.

— Não é exatamente dor de cabeça... não é nada com que se preocupar. Não mesmo. Mas é só aqui...

Ele esqueceu que, na escuridão, eu não podia ver seu gesto; durante todo esse tempo, não pudemos ver um ao outro, mas apenas o Sósia (e isso à luz de uma vela queimando em outro mundo), trancado sozinho com sua dor, em alguma cela da Torre Sombria. No entanto, quase não precisei das próximas palavras de Scudamour.

— É exatamente onde está a *dele* — sussurrou. — Aqui, na minha testa. Como a dele. Eu tenho a dor *dele*, não a minha. Você não acha...

O que nós dois pensávamos dificilmente poderia ser expresso em palavras. O que eu realmente disse foi:

— Acho que, se permitirmos que nossa imaginação saia de controle com esse cronoscópio, vamos enlouquecer. Todos estamos mortos de cansaço, principalmente você, e já vimos o suficiente do Outrotempo para mostrar que *delirium tremens* é, em comparação, uma brincadeira. Não é de admirar que você esteja com dor de cabeça. Olhe só. Com as cortinas entreabertas, podemos apenas ver o suficiente do que está acontecendo na tela para perceber se ela muda para outro lugar.

Levantei-me e abri as cortinas, e a bendita luz do dia e o barulho dos pássaros entraram em abundância.

— Agora — continuei —, vá buscar uma aspirina e prepare um bule de chá forte para nós dois. Vamos nos sentar juntos e ficar confortáveis.

Horas depois, quando o quarto escureceu novamente, e Scudamour e eu tínhamos (felizmente) ido dormir, a madrugada chegou ao quarto do Sósia em Outrotempo. O que ela revelou, isso eu aprendi com Ransom. Ele disse que a vela aparentemente havia terminado e que, quando havia luz do dia suficiente para ver as coisas, eles encontraram a cama vazia. Levaram algum tempo até descobrir o Sósia; quando finalmente o viram, ele estava sentado no chão, em um canto, todo encolhido. Ele não estava se contorcendo ou mostrando qualquer sinal de dor — na verdade, ele estava estranhamente imóvel e rígido. Seu rosto estava na sombra. Ele ficou sentado assim por um longo tempo enquanto a sala ficava mais clara, e nada acontecia. Por fim, a luz caiu sobre seu rosto. A princípio, pensaram que ele tinha um hematoma na testa e depois pensaram ser um ferimento. O leitor entenderá que eles partiram do fato de que sabiam que ele havia passado a noite com muita dor e, sem dúvida, por isso não adivinharam a verdade antes. Eles não perceberam até que um Estúpido entrou no quarto se vangloriando e estalando seu chicote, e, depois de um olhar para o Sósia, caiu de cara no chão. Saiu de costas, cobrindo os olhos com as mãos. Outros Estúpidos e alguns operários entraram. Eles também caíram e voltaram de costas. Por fim, as Estúpidas entraram. Elas foram se rastejando com a barriga no chão, arrastando um manto preto, que foi posto sobre a cama, e voltaram rastejando para fora. Várias pessoas, todas de cara no chão, esperavam do lado de dentro da cela. O Sósia observara tudo isso sem se mover. Então, ele se levantou e veio para o centro da sala (seus adoradores rastejaram mais perto do chão; Ransom diz que não beijaram, mas lamberam tal superfície), e a verdade tornou-se visível aos nossos observadores. O Sósia tinha um ferrão. As dores da noite tinham sido dores de parto. Seu rosto ainda era reconhecível como o do Sósia de Scudamour, mas já apresentava a palidez amarelada e a imobilidade do homem que víramos na sala entalhada. Ao vestir a túnica negra, era inconfundível: tinha ido para a cama como homem e levantado como Homem com Ferrão.

É claro que isso não podia ser escondido de Scudamour e, é claro também, que não ajudava a aliviar a tensão nervosa que ele estava vivenciando. Desse momento em diante, todos nós concordamos que ele parecia cada vez mais estranho em seu comportamento; e, mesmo na ocasião, Ransom exortou Orfieu a persuadi-lo a desistir imediatamente de seu trabalho e a não esperar a visita da noiva. Lembro-me de Ransom dizendo: "Aquele jovem pode explodir a qualquer momento". Todos nós deveríamos ter prestado mais atenção a isso. Em nossa defesa, posso alegar que a senhorita Bembridge era esperada em poucos dias (três, eu acho), que estávamos muito preocupados com nossas observações e que o que aconteceu no dia seguinte foi surpreendente o bastante para afastar todas as outras considerações de nossa mente.

Foi MacPhee quem lançou a bomba. Estávamos todos juntos no observatório, assistindo à habitual cena movimentada do lado de fora da Torre Sombria de uma forma meio desatenta, porque era muito habitual, quando, de repente, ele xingou e se levantou.

— Orfieu! — chamou ele.

Todas as cabeças se voltaram na direção de MacPhee. Sua voz não parecia exatamente zangada, mas tinha um tom de solene repreensão que era mais constrangedor do que raivoso.

— Orfieu — repetiu ele —, de uma vez por todas: que jogo é esse que você está jogando conosco?

— Não sei o que você quer dizer — disse Orfieu.

— Entenda — disse MacPhee —, não vou brigar com você. Mas sou um homem ocupado. Se tudo isso foi uma farsa, não vou chamá-lo de embusteiro, pode ficar com sua piada, mas não vou ficar aqui para ser enganado por mais tempo.

— Uma farsa?

— Sim. Eu não disse um truque, então você não precisa ficar com raiva. Eu disse uma farsa. Mas estou perguntando agora, em nome de sua palavra e de sua honra: é uma farsa?

— Não, não é. O que diabos você quer dizer?

MacPhee olhou para ele quase por um momento, creio, na esperança de detectar algum sinal de embaraço em seu rosto; mas não havia nenhum. Então, enfiando as mãos nos bolsos, o escocês começou a caminhar de um lado para o outro com ar de desespero.

— Muito bem — disse ele. — Muito bem. Mas, se não for uma farsa, somos todos loucos. O universo está louco. E também somos cegos como morcegos. — De repente, ele parou de andar e virou-se para se dirigir a todo o grupo. — Você quer me dizer que nenhum de vocês reconhece esse prédio? — E ele estendeu a mão em direção à Torre Sombria.

— Sim — disse Ransom. — Achei-o familiar desde o início, mas não consigo lhe dar um nome.

— Então, você é menos tolo do que o resto de nós — disse MacPhee. — Você é o caolho entre os cegos.

Ele voltou a nos encarar, como se esperasse alguma resposta.

— Bem — disse Orfieu finalmente. — Como podemos reconhecê-la?

— Ora, cara — disse MacPhee —, você já viu isso centenas de vezes. Daria para ver daqui se as cortinas estivessem abertas.

Ele foi caminhando até a janela e as puxou. Todos nós nos aglomeramos atrás dele para olhar, mas, depois de uma olhada, ele voltou para a sala.

— Eu errei — disse ele. — As casas atrapalham.

Eu começava a me perguntar se MacPhee estava perdendo o juízo quando, então, Scudamour disse:

— Você não está falando de...? — E fez uma pausa.

— Continue — disse MacPhee.

— É fantástico demais — disse Scudamour e, no mesmo instante, Orfieu exclamou de repente:

— Entendi!

— Eu também — disse Ransom. — A Torre Negra é uma réplica quase exata da nova biblioteca da universidade aqui em Cambridge.

Fez-se completo silêncio por vários segundos.

Orfieu foi o primeiro que tentou juntar os fragmentos de nossa tranquilidade anterior e ver se poderiam ser encaixados novamente.

— Certamente há uma semelhança — começou ele —, uma semelhança singular. Estou feliz que você tenha apontado isso. Mas se...

— Semelhança é a vovozinha! — disse MacPhee. — Elas são idênticas, exceto pelo fato de que a torre ali... — Apontou para a tela. — Aquela torre não está totalmente concluída. Aqui, Lewis, você pode desenhar. Sente-se e faça um pequeno esboço da Torre Sombria.

Não consigo desenhar muito bem, mas fiz o que me foi pedido e consegui produzir algo bastante reconhecível. Assim que terminei, todos nós saímos para a cidade, exceto Ransom, que se ofereceu para permanecer e observar o cronoscópio. Passava de uma da tarde quando voltamos, famintos pelo almoço e sedentos pelas canecas de cerveja que Orfieu nos dava. Nossas investigações haviam tomado muito de nosso tempo porque não foi fácil encontrar um lugar de onde pudéssemos ver a biblioteca da universidade exatamente no mesmo ângulo da Torre Sombria — e isso, aliás, talvez explique nosso fracasso em reconhecê-la desde o início. Quando finalmente encontramos a posição certa, a teoria de MacPhee tornou-se irrefutável. Orfieu e Scudamour lutaram contra isso o máximo que puderam: Orfieu, friamente, como um *esprit fort*, e Scudamour, com uma paixão que eu não entendia completamente. Era quase como se ele estivesse implorando para não aceitarmos. Por fim, porém, os fatos eram evidentes demais para ambos. A biblioteca e a Torre Sombria correspondiam em todos os detalhes, exceto que uma estava terminada e a outra ainda estava nas mãos dos construtores.

Estávamos com tanta sede que não pensamos no almoço até termos bebido nossa cerveja. Então, após sermos informados pelo criado de Orfieu de que o Sr. Knellie havia almoçado e saído da faculdade, esgueiramo-nos para a escuridão fresca da sala de reunião e pegamos pão e queijo.

— Bem — disse Orfieu —, essa é uma descoberta notável, e você certamente riu por último, MacPhee. Mas, quando pensamos nisso, não sei por que deveríamos ficar tão surpresos. Isso apenas prova que o tempo que estamos vendo está no futuro.

— O que você quer dizer? — perguntei.

— Bem, obviamente, a Torre Sombria é uma imitação da biblioteca da universidade. *Nós* temos uma imitação do Coliseu em algum lugar da Escócia e uma imitação da Ponte dos Suspiros em Oxford: ambos são coisas horríveis. Da mesma forma, essas pessoas do Outrotempo têm uma imitação do que, para elas, é a antiga Biblioteca Britânica em Cambridge. Não é nada estranho.

— Eu acho muito estranho — disse MacPhee.

— Mas por quê? — perguntou Orfieu. — Sempre pensamos que o que vemos na tela está no mesmo lugar que nós, seja qual for a hora. Em outras palavras, essas pessoas estão vivendo, ou vão viver, no terreno de Cambridge. A biblioteca sobreviveu por séculos e finalmente caiu, e agora elas estão construindo uma réplica. Provavelmente elas têm alguma superstição a esse respeito. Você deve se lembrar de que, para elas, isso seria infinitamente antigo.

— Esse é o problema — disse MacPhee. — Muito antigo. Teria desaparecido há séculos, há milhões de séculos, talvez, antes do tempo delas.

— Como você sabe que elas estão tão longe no futuro? — perguntou Ransom.

— Olhe para a anatomia delas. O corpo humano mudou. A menos que algo muito esquisito ocorra para acelerar o processo evolutivo, a natureza levará um bom tempo para produzir cabeças humanas que desenvolvam ferrões. Não é uma questão de séculos, é uma questão de milhões, ou de milhares de milhões, de anos.

— Atualmente — disse eu —, algumas pessoas não parecem concordar sobre a evolução ser necessariamente tão gradual.

— Eu sei — disse MacPhee. — Mas essas pessoas estão erradas. Estou falando de ciência, não de Butler e Bergson e Shaw[7] e todas essas fantasias.

— Acho que Bergson não... — Eu estava começando a falar quando, de repente, Scudamour interrompeu:

— Ah, podemos parar, parar, parar com isso! De que adianta encontrar todas essas explicações de por que a biblioteca da universidade está em Outrotempo se elas não esclarecem por que eu estou lá? Eles têm um de nossos prédios; e eles me pegaram também, o que é muito pior. Eles têm centenas de pessoas lá, que agora estão vivas, e nós não as reconhecemos. E aquele brutamontes, o primeiro Homem com Ferrão... o único até que meu ferrão crescesse... Vocês se lembram de como ele veio para a frente e olhou para nós? Ainda acham que ele não nos viu? Vocês ainda acham que é tudo só no futuro? Vocês não veem? É tudo... tudo misturado *conosco* de alguma forma... pedaços do nosso mundo lá, ou pedaços de lá aqui entre nós.

Ele estava falando com os olhos fixos na mesa e, ao erguer os olhos, flagrou-nos trocando olhares. Isso não pacificou as coisas.

— Vejo que estou me tornando impopular — continuou ele —, exatamente como aconteceu com o Dr. Ransom no outro dia. Bem, ouso dizer que sou uma péssima companhia neste momento. Esperem até verem a si mesmos em

---

[7] Samuel Butler (1835–1902), novelista e satirista britânico. Henri Bergson (1859–1941), filósofo espiritualista evolucionista e diplomata francês. George Bernard Shaw (1856–1950), crítico musical, escritor e dramaturgo irlandês.

Outrotempo, aí descobriremos se vão gostar. Claro que não devo reclamar. Isso é ciência. E quem já ouviu falar de uma nova descoberta científica que não mostrasse que o universo real era ainda mais asqueroso, mesquinho e perigoso do que se supunha? Nunca me interessei por religião, mas começo a pensar que o Dr. Ransom estava certo. Acho que exploramos uma realidade qualquer que está por trás de todas as velhas histórias sobre inferno, demônios e bruxas. Não sei. Algum tipo de coisa imunda que acontece ao lado do mundo comum e que é todo misturado com ele.

Ransom foi capaz de enfrentá-lo nesse terreno com perfeita naturalidade e óbvia sinceridade.

— Na verdade, Scudamour — disse ele —, eu mudei de ideia. Não acho que o mundo que vemos através do cronoscópio seja um inferno, porque parece conter pessoas bastante decentes e felizes, para além dos Estúpidos e dos Homens com Ferrão.

— Sim, e as pessoas decentes tornam-se automatizadas.

— Eu sei, e isso é muito azar. Mas um mundo no qual coisas bestiais podem acontecer às pessoas sem que seja culpa delas... ou, pelo menos, não principalmente por culpa delas... não é o inferno: é apenas nosso próprio mundo novamente. Só tem de ser enfrentado, como o nosso próprio mundo. Mesmo que alguém fosse levado para lá...

Scudamour estremeceu. O resto de nós achava que Ransom estava sendo muito imprudente, mas agora acho que ele estava certo. Ele geralmente está.

— Mesmo que alguém fosse levado para lá, o que seria pior do que apenas ver seu sósia lá, não seria essencialmente diferente de outros infortúnios. E o infortúnio não é o inferno, nem de longe. Um homem não pode ser *levado* para o inferno ou *enviado* para o inferno: ele só chega lá por conta própria.

Scudamour, que pelo menos dera a Ransom a honra de ouvi-lo com bastante atenção, então lhe perguntou:

— E *o que* você acha que é o Outrotempo?

— Bem — disse Ransom —, assim como você, duvido muito que seja simplesmente o futuro. Concordo que está muito misturado conosco para ser isso. E há vários dias venho me perguntando se o passado, o presente e o futuro são os únicos tempos que existem.

— O que você quer dizer? — perguntou Orfieu.

— Ainda não sei — respondeu Ransom. — Enquanto isso, temos provas concretas de que o que estamos vendo é, de fato, um tempo?

— Bem — disse Orfieu, após uma pausa —, suponho que não. Não é uma prova irrefutável. É, no momento, a hipótese mais fácil.

E isso foi tudo que se disse no almoço. Mais duas coisas aconteceram naquele dia. Uma foi que MacPhee, que estivera observando durante a tarde, disse-me na hora do jantar que o "novo Homem com Ferrão", ou o "Sósia de Scudamour", estava agora instalado na sala entalhada. Não sabíamos o que havia acontecido com o velho Homem com Ferrão. Alguns pensavam que talvez o Sósia o tivesse derrotado como um touro novo derrota um touro velho e se torna o líder do rebanho. Outros imaginavam que ele poderia tê-lo sucedido pacificamente, de acordo com as regras de algum tipo de serviço público diabólico. Toda a concepção de Outrotempo estava mudando agora que sabíamos que poderia haver mais de um Homem com Ferrão.

— Toda uma casta com ferrão — disse MacPhee.

— Uma centrocracia — sugeriu Ransom.

O outro evento foi, em si, sem importância. Deu algum problema na energia elétrica do colégio, e Orfieu, no turno da manhã, teve de usar velas.

4

Devia ser um domingo, penso, quando as luzes falharam, ou então todos os eletricistas de Cambridge estavam ocupados — de qualquer forma, ainda estávamos usando velas quando nos reunimos nos aposentos de Orfieu depois do jantar. A pequena lâmpada na frente do cronoscópio, que funcionava com sua própria bateria, obviamente não foi afetada. As cortinas foram fechadas, e as velas, apagadas, e nos encontramos mais uma vez olhando para a sala entalhada — e quase imediatamente percebi, com uma leve sensação de náusea, que estávamos prestes a assistir a outra daquelas cenas de aferroamento.

Essa era a primeira vez que eu via o Sósia desde a transformação, e foi uma experiência estranha. Ele já estava muito parecido com o Homem com Ferrão original — em alguns aspectos, mais parecido com ele do que com Scudamour. Ele tinha a mesma palidez amarelada e a mesma imobilidade; ambas, de fato, eram mais perceptíveis nele do que em seu antecessor, porque ele não tinha barba. Ao mesmo tempo, porém, sua semelhança com Scudamour não diminuiu. Às vezes, vemos esse paradoxo no rosto dos mortos. Eles parecem infinitamente diferentes do que eram em vida, mas são inconfundivelmente os mesmos. Uma semelhança com alguma relação remota, nunca antes suspeitada, pode insinuar-se no rosto do cadáver, mas, sob essa nova semelhança, permanece a lamentável identidade entre o cadáver e o homem. Ele se parece cada vez mais com o avô, mas não menos consigo mesmo. Algo desse tipo estava acontecendo com o Sósia. Ele não deixou de se parecer com Scudamour; ao contrário, se assim posso expressar, ele se parecia com Scudamour parecendo um Homem com Ferrão. E um dos resultados disso foi mostrar as características do rosto do Homem com Ferrão sob uma nova ótica. A palidez, a calma inexpressiva e até mesmo a horrível deformidade frontal — que, agora, eu via produzidas em um rosto conhecido — adquiriram um horror diferente. Nunca pensei em sentir pena do Homem com Ferrão original, nunca suspeitei que ele pudesse ser um horror para si mesmo. Agora descobri que pensava no veneno como dor; no ferrão como um promontório sólido de angústia eclodindo de uma cabeça torturada. Mas, quando o Sósia baixou a cabeça e, friamente, transfixou sua primeira vítima, senti algo parecido com vergonha. Era como se alguém tivesse flagrado o próprio Scudamour — Scudamour nas garras da loucura ou de alguma perversão equivalente à loucura — no momento de realizar alguma abominação monstruosa, mas também insignificante. Comecei a ter uma ideia de como o próprio Scudamour estava se sentindo. Acreditando que ele estivesse ao meu lado, virei-me com a vaga ideia de dizer algo que o deixasse mais à vontade quando, para minha surpresa, uma voz inesperada disse:

— Encantador. Encantador. Eu não fazia ideia de que nossa época estava produzindo obras dessa qualidade.

Era Knellie. Nenhum de nós fazia ideia de que ele nos seguira até o observatório.

— Ah, é você, é? — disse Orfieu.

— Espero não me haver intrometido, meu caro — disse o velho. — Será muito gentil da sua parte, muito gentil mesmo, se me permitir ficar. É um privilégio estar presente na execução de tão grande obra de arte.

— Sabe, Sr. Knellie, isso não é um cinematógrafo — esclareceu MacPhee.

— Não sugeri nem por um instante esse nome horroroso — disse Knellie, com a voz reverente. — Entendo perfeitamente que trabalhos dessa natureza diferem *toto caelo*[8] das

---

[8] Latim: "por toda a extensão dos céus"; totalmente, diametralmente.

vulgaridades dos teatros populares. E entendo também a hesitação, posso chamar de sigilo?, de seus procedimentos. No momento, você não pode mostrar esse trabalho ao filisteu britânico. Mas estou magoado, Orfieu, por você não ter me considerado em seu grupo de confiança. Acredito que, pelo menos, estou bastante livre de preconceitos. Ora, meu caro, eu pregava a completa liberdade moral do artista quando você era criança. Posso perguntar quem é o gênio supremo a quem devemos essa fantasia?

E enquanto ele falava, dois seres humanos entraram, adoraram o ídolo, foram agarrados e picados, e saíram de novo. Scudamour não suportou mais.

— Você quer dizer que *gosta* disto?! — bradou ele.

— Se eu gosto disso? — indagou Knellie pensativamente.

— Alguém *gosta* de grande arte? A pessoa responde... percebe... intui... simpatiza.

Scudamour havia se levantado. Eu não podia ver seu rosto.

— Orfieu — disse ele de repente —, precisamos encontrar um meio de pegar esses monstros.

— Você sabe que é impossível — retrucou Orfieu. — Já falamos disso antes. Você não pode viajar no tempo. Não teríamos corpos *lá*.

— Não é tão óbvio que *eu* não teria — disse Scudamour. Eu esperava há algum tempo que essa tese não ocorresse a ele.

— Não tenho certeza se entendi algum de vocês — disse Knellie, presumindo confiantemente que a conversa havia sido dirigida a ele e que, assim, ninguém poderia acusá-lo de interromper. — E não acho que o tempo tenha muito a ver com isso. Certamente, a arte é atemporal. Mas quem é o artista? Quem inventou essa cena, essas liturgias soberbas, essa esplêndida e sombria insolência? De quem é?

— É do diabo, se você quer saber! — gritou Scudamour.

— Ah... — murmurou Knellie bem devagar. — Entendo o que você quer dizer. Talvez em certo sentido isso seja verdade para toda a arte em seus momentos supremos. O pobre Oscar[9] não disse algo assim...?

— Olhe! — exclamou Scudamour. — Camilla! Pelo amor de Deus!

Levei uma fração de segundo para perceber que ele estava gritando não para nós, mas para alguém na tela. E, depois disso, tudo aconteceu tão rápido que mal consigo descrever. Lembro-me de ter visto uma garota, uma garota alta e esguia com cabelos castanhos, entrando pela esquerda ao longo do estrado na sala entalhada, a mesma que dezenas de outras vítimas haviam entrado, tanto homens como mulheres. Lembro-me, no mesmo instante, de ouvir um grito de Orfieu (as palavras eram algo como "Não seja tolo!") e da visão de Orfieu correndo para a frente, como um homem prestes a retomar a bola no rúgbi. Ele estava fazendo isso para interceptar Scudamour, que, súbita e inexplicavelmente, mergulhou para a frente, com a cabeça baixa, na direção do cronoscópio. Então, num instante, vi Orfieu recuar sob o impacto do homem mais jovem e pesado, ouvi o barulho ensurdecedor de uma lâmpada elétrica quebrada, senti as mãos trêmulas de Knellie me agarrando pela manga e me vi sentado no chão, imerso em escuridão absoluta.

A sala ficou completamente silenciosa por alguns instantes. A seguir, ouvi o som inconfundível de gotejamento — a bebida de alguém aparentemente havia sido derrubada. E veio uma voz, a de MacPhee.

— Alguém está ferido? — perguntou.

---

[9] Provável referência a Oscar Wilde (1854–1900), dramaturgo, novelista e poeta irlandês, que escreveu muito sobre o valor da arte.

— Estou bem — respondeu a voz de Orfieu, no tom de um homem bastante ferido. — Levei uma pancada feia na cabeça, só isso.

— Você está ferido, Scudamour? — indagou MacPhee.

Mas, no lugar da voz de Scudamour, foi a de Knellie que respondeu, numa espécie de lamento metálico, se é que um lamento pode ser metálico:

— Estou bastante abalado. Se alguém puder me trazer um copo de conhaque realmente bom, eu conseguiria ir para meus próprios aposentos.

Exclamações de dor explodiram simultaneamente de Orfieu e MacPhee, que haviam batido a cabeça um no outro na escuridão. A sala estava cheia de ruídos e movimentos enquanto procurávamos fósforos. Um ou outro teve sucesso. Piscando enquanto a luz aumentava, tive a visão momentânea de uma figura escura, presumivelmente de Scudamour, erguendo-se entre os destroços do cronoscópio. Então, o fósforo se apagou.

— Está tudo bem — disse MacPhee. — Peguei a caixa aqui. Oh... maldição!

— O que aconteceu? — perguntei.

— Cara, abri a caixa de cabeça para baixo, e eles caíram todos no chão. Esperem um pouco, esperem um pouco. Você está bem, Lewis?

— Ah, sim, estou bem.

— E você está bem, Scudamour?

Não houve resposta. MacPhee encontrou um fósforo e conseguiu acender uma vela. Eu me vi olhando para o rosto de um estranho. Então, com certo choque, percebi que era o rosto de Scudamour. Duas coisas, creio, me impediram de reconhecê-lo a princípio. Uma foi a maneira estranha como olhava para nós. A outra foi o fato de que a luz da vela o encontrou empenhado em recuar para a porta. *Recuar* é exatamente a palavra: ele estava se movendo para trás o mais rápido que conseguia, sem chamar a atenção e, ao mesmo tempo, mantendo os olhos fixos em nós. Ele estava, de fato, comportando-se exatamente como um homem de nervos de ferro colocado subitamente entre inimigos.

— O que há com você, Scudamour? — perguntou Orfieu.

Mas o jovem não respondeu, e agora sua mão estava na maçaneta da porta. Os demais ainda estavam olhando para ele com perplexidade, quando, de repente, Ransom saltou da cadeira.

— Rápido! Rápido! — bradou ele. — Não deixem que ele se vá!

E, com isso, ele se lançou sobre a figura que se afastava. O outro, que, a essa altura, já havia aberto a porta, baixou a cabeça — agora o gesto tinha uma familiaridade medonha para todos nós —, deu uma cabeçada no estômago de Ransom e desapareceu.

Ransom se dobrou de dor e não pôde dizer nada por alguns minutos. Knellie estava começando a murmurar alguma coisa sobre conhaque quando MacPhee se virou para Orfieu e para mim.

— Estamos todos loucos? — disse ele. — O que está acontecendo conosco? Primeiro, Scudamour, e, depois, Ransom. E para onde foi Scudamour?

— Não sei — respondeu Orfieu, contemplando os destroços do cronoscópio —, e estou tentado a dizer que não me importo. Ele transformou um ano de trabalho em confusão, aquele jovem cruel e idiota, é tudo o que sei.

— Por que ele foi atrás de você daquele jeito?

— Ele não estava vindo em minha direção; ele estava indo para o cronoscópio. Tentando pular *através* dele, aquele jovem burro.

— Saltar para o Outrotempo, você quer dizer?

— Sim. Claro que você também pode tentar pular para a Lua através de um telescópio.

— Mas o que o levou a fazer isso?

— O que ele viu na tela.

— Mas não era nada pior do que aquilo que ele já tinha visto dezenas de vezes.

— Ah, mas você não entende — disse Orfieu. — Era muito pior. Aquela garota que entrou... ela é outra sósia.

— O que você quer dizer?

— Isso tirou meu fôlego. Ela é tão parecida com certa mulher real... quero dizer, uma mulher de *nosso* tempo... quanto o velho sósia é com Scudamour. E a mulher com quem ela se parece é Camilla Bembridge.

O nome não significava nada para nós. Orfieu sentou-se com um gesto de impaciência.

— Esqueci que vocês não devem saber — disse ele —, mas Camilla Bembridge é a garota com quem ele vai se casar.

MacPhee assobiou.

— Você não pode culpar o pobre diabo, Orfieu — disse ele. — É o suficiente para afrouxar um parafuso na cabeça mais firme. Ver uma cópia de si mesmo primeiro e depois vê-la fazendo isso com uma cópia de sua namorada... Eu me pergunto para onde ele foi.

A essa altura, Ransom havia recuperado a fala.

— Eu também — disse ele. — Eu me pergunto bastante isso. Por que diabos nenhum de vocês me ajudou a detê-lo?

— Por que ele deveria ser parado? — indaguei.

— Ah, o que é isso? — disse Ransom. — Você não percebe? Não, não há tempo a perder. Falaremos sobre isso depois.

Acho que MacPhee viu o que se passava na mente de Ransom desde o início. Eu, certamente, não, mas, quando vi os outros dois saindo da sala, fui atrás. Orfieu ficou na sala, aparentemente absorto em investigar o estrago em seu cronoscópio. Knellie ainda estava cuidando do hematoma e murmurando sobre um bom conhaque.

Ransom nos conduziu imediatamente até o grande portão da faculdade. Eram apenas cerca de nove horas, e a luz brilhava na portaria. Quando alcancei os outros, o porteiro acabava de dizer a Ransom que não vira o Sr. Scudamour sair.

— Existe alguma outra maneira de sair da faculdade? — perguntou Ransom.

— Só o portão de São Patrício, senhor — disse o porteiro —, mas está fechado no período de férias.

— Ah... mas o Sr. Scudamour teria uma chave?

— Bem, ele deve ter uma chave — respondeu o porteiro. — Mas acho que ele a perdeu, já que pegou uma emprestada de mim anteontem à noite e me devolveu ontem de manhã. Eu disse a mim mesmo na ocasião: "O Sr. Scudamour saiu e perdeu sua chave novamente". Devo passar alguma mensagem para ele, senhor, se o vir?

— Sim — disse MacPhee, após um momento de reflexão. — Diga a ele que está tudo bem e peça para ele ir ao Dr. Orfieu o mais rápido possível.

Nós saímos da portaria.

— Rápido! — disse Ransom. — Vou tentar os aposentos dele, e vocês dois vão para o outro portão.

— Vamos! — disse MacPhee. Eu queria interrogá-lo, mas ele estava correndo agora, e em poucos segundos já estávamos no portão de São Patrício. Não tenho certeza do que ele esperava encontrar lá, mas certamente ficou desapontado.

— Qual é o problema? — perguntei-lhe quando ele se afastou do portão. Mas, no mesmo instante, ouvi o som de passos apressados, e Ransom apareceu do outro lado do caminho.

— Os aposentos dele estão vazios — gritou ele.

— Ele pode estar em algum desses quartos, então? — replicou MacPhee, apontando, com um movimento de mão, as fileiras de janelas que davam para o pequeno pátio, que tinham aquela aparência peculiarmente morta, familiar a todos que já residiram em uma faculdade durante as férias.

— Não — respondeu Ransom. — Graças a Deus eles os trancam.

— Você não vai mesmo me contar? — comecei, quando, de repente, MacPhee agarrou meu braço e apontou. Ransom já havia chegado até nós: nós três estávamos juntos, prendendo a respiração e olhando para cima.

O bloco de edifícios que fechava nossa visão para o oeste era de um tipo comum nos *campi* universitários: dois andares de janelas de tamanho normal, em seguida, uma fileira de ameias e, depois, janelas de água-furtada atrás das ameias projetando-se de um telhado alto. O céu atrás estava claro e tingido do azul esverdeado que às vezes se segue ao pôr do sol. Contra isso, claro como uma forma recortada em papel preto, um homem se movia sobre as telhas da cumeeira. Ele não estava agachado nem de quatro, nem mesmo abrindo os braços para se equilibrar: ele caminhava com as mãos cruzadas atrás das costas com a mesma facilidade com que eu caminharia em terreno plano, e virava a cabeça lentamente da esquerda para a direita, como alguém que avalia os arredores.

— É ele mesmo — disse MacPhee.

— Será que está louco? — sugeri.

— Oh, pior, pior — respondeu Ransom. E então: — Olhem, ele está descendo.

— E pelo lado de fora — acrescentou MacPhee.

— Rápido! — disse Ransom. — Isso o levará até o beco Pat. Há apenas uma chance.

Mais uma vez, todos nós nos dirigimos de volta para o grande portão, agora correndo o mais rápido que podíamos, pois eu tinha visto o suficiente para me convencer de que Scudamour deveria ser detido a todo custo. O porteiro parecia mover-se com uma lentidão enlouquecedora ao sair de seu posto para abrir o portão. Senti os segundos passando enquanto ele se atrapalhava em busca da chave, e falando, sempre falando, e enquanto Ransom e eu, por causa da pressa excessiva, impedimos um ao outro de passar na abertura estreita, MacPhee atrás rosnava para que saíssemos. Finalmente saímos e corremos pela frente da faculdade e contornamos o beco Pat, uma pequena viela silenciosa entre duas faculdades, protegida do tráfego de veículos por alguns postes. Não sei até onde corremos: sobre a ponte, pelo menos, e longe o suficiente para ver ônibus e carros em uma grande via pública além do rio. É difícil correr seriamente quando você não tem certeza se sua presa está à frente ou atrás de você. Tentamos várias direções. Da corrida, passamos à caminhada rápida; da caminhada rápida, para a caminhada lenta; da caminhada lenta, para um andar perdido. Por fim, por volta das dez e meia, estávamos todos parados (novamente no beco Pat) enxugando a testa.

— Pobre Scudamour — ofeguei. — Mas pode ser apenas temporário.

— Temporário? — repetiu Ransom, com uma voz que me fez parar.

— O que foi? — perguntei.

— Você disse "temporário". Que esperança há de trazê-lo de volta? Especialmente se tivermos perdido o outro?

— Do que você está falando? Que outro?

— Aquele que estamos perseguindo.

— Você está falando de Scudamour?

Ransom me lançou um longo olhar.

— Aquele! — disse ele. — Aquele não era Scudamour.

Olhei para ele, sem saber o que pensar, mas sabendo que, em meus pensamentos, havia algo terrível. Ele continuou.

— Não foi Scudamour quem me deixou sem fôlego. Parecia com ele? Por que não respondeu? Por que estava saindo da sala? Por que baixou a cabeça e me deu uma cabeçada? Scudamour não lutaria assim se quisesse lutar. Vocês não enxergam? Quando abaixou a cabeça, estava confiando em algo que pensava ter, algo que costumava usar. Ou seja, um ferrão.

— Você quer dizer — disse eu, resistindo a uma forte sensação de enjoo —, você quer dizer que o que vimos no telhado era... era o Homem com Ferrão?

— Achei que vocês soubessem — disse Ransom.

— Então onde está o verdadeiro Scudamour?

— Deus o ajude — disse Ransom. — Se estiver vivo, ele está na Torre Sombria, em Outrotempo.

— Ele saltou pelo cronoscópio? Mas isso é fantástico, Ransom! Orfieu não explicou o tempo todo que é apenas como um telescópio? As coisas que vimos não estavam realmente perto de nós, mas, sim, a milhões de anos de distância.

— Sei que essa é a teoria de Orfieu. Mas qual é a evidência para isso? E isso explica por que Outrotempo está cheio de réplicas de coisas de nosso próprio mundo? O que você acha, MacPhee?

— Eu acho — disse MacPhee — que agora é absolutamente certo que ele está mexendo com forças que não compreende, e que nenhum de nós sabe onde ou quando o mundo de Outrotempo está ou como está relacionado ao nosso.

— Exceto — disse Ransom — que contém essas réplicas: um prédio, um homem e uma mulher até agora. Pode haver muitas outras.

— E o que exatamente você acha que aconteceu? — perguntei.

— Você se lembra do que Orfieu disse na primeira noite sobre viajar no tempo ser impossível, porque você não teria corpo no outro tempo quando chegasse lá? Bem, não é óbvio que, se você tivesse dois tempos que, por sua vez, tivessem réplicas, essa dificuldade seria superada? Em outras palavras, acho que o Sósia que vimos na tela tinha um corpo não apenas igual ao do pobre Scudamour, mas também o mesmo corpo. Quero dizer que a mesma matéria que compôs o corpo de Scudamour em 1938 compôs o corpo daquele monstro em Outrotempo. Se for assim, e se você, por qualquer artifício, colocasse os dois tempos em contato, por assim dizer... estão entendendo?

— Você quer dizer que eles podem... podem simplesmente pular de um para o outro?

— Sim, em certo sentido. Scudamour, sob a influência de forte emoção, dá o que se pode chamar de salto, ou arremesso, psicológico para o Outrotempo. Normalmente, nada aconteceria... ou talvez a morte. Mas, para o azar dessa situação, seu próprio corpo, o mesmo que ele usou durante toda a vida em *nosso* tempo, está esperando por ele. O ocupante daquele corpo no Outrotempo é pego de surpresa, simplesmente empurrado para fora de seu corpo... Mas, como aquele corpo idêntico está esperando por ele em 1938, ele inevitavelmente desliza para dentro dele e se encontra em Cambridge.

— Isso está ficando muito complicado — disse eu. — Não tenho certeza se entendi sobre esses dois corpos.

— Mas não há *dois* corpos. Há apenas um corpo existindo em dois momentos diferentes... assim como aquela árvore existiu ontem e hoje.

— O que você acha disso, MacPhee? — perguntei.

— Bem — disse MacPhee —, eu não começo com a teoria simples de uma entidade chamada alma como nosso amigo, e isso torna as coisas ainda mais complicadas para mim. Mas concordo que o comportamento do corpo de Scudamour, desde o acidente, é exatamente o que esperaríamos ver se aquele corpo tivesse adquirido a memória e a psicologia do Homem com Ferrão. Estou, portanto, pronto, como cientista, para trabalhar com a hipótese de Ransom em relação ao presente. E posso acrescentar que, como criatura de paixões, emoções e imaginação, não sinto... estou falando de *sentir*, vocês entendem... qualquer dúvida a esse respeito. O que está me intrigando é outra coisa.

Nós dois nos viramos para ele com a mesma pergunta.

— Estou pensando — disse MacPhee — em todas essas réplicas. São pouquíssimas as possibilidades... na verdade, quase ínfimas... de conseguir com que as mesmas partículas se organizem como um corpo humano em dois momentos distintos. E agora temos isso acontecendo duas vezes: o jovem *e* a garota. E depois há o edifício. Cara, há muita coincidência nesse caso.

Fez-se silêncio por alguns instantes e, então, franzindo a testa, ele prosseguiu, meio para si mesmo:

— Não sei de nada... Não sei. Mas não poderia ser o contrário? Não que tenhamos chegado a um tempo que contenha réplicas do nosso próprio tempo, mas são as réplicas que estão reunindo os tempos... uma espécie de gravitação. Vejam: se dois tempos contivessem *exatamente* a mesma distribuição de matéria, eles se tornariam simplesmente o mesmo tempo... e, se contivessem algumas distribuições idênticas, poderiam se aproximar de... Não sei. É tudo uma loucura.

— De acordo com esse ponto de vista — disse Ransom —, o cronoscópio seria de importância secundária.

— Aaaaah! — explodiu MacPhee. — O que o cronoscópio tem a ver com isso? Ele não produz fenômenos; apenas permite que você os veja. Isso tudo estava acontecendo antes de Orfieu fabricar seu instrumento e estaria acontecendo, querendo ou não.

— O que você quer dizer com "isso"? — perguntei.

— Nem eu sei direito — disse MacPhee, depois de uma longa pausa —, mas acho que há mais coisas do que Orfieu supõe.

— Enquanto isso — disse Ransom —, devemos voltar a Orfieu e traçar alguns planos. A cada minuto que passa, aquela criatura pode estar se afastando mais.

— Ele não pode fazer muito mal sem seu ferrão, suponho — disse eu.

— Eu não teria tanta certeza disso — disse Ransom. — Mas eu estava pensando em outra coisa. Você não vê que nossa única chance de trazer Scudamour de volta é reunir os dois, ele e o Homem com Ferrão, *novamente*, com um cronoscópio entre ambos? Uma vez que perdemos contato com o Homem com Ferrão, nossa última esperança se vai.

— Nesse caso — disse eu —, ele deve ter o mesmo motivo para se apegar a nós, se quiser voltar ao seu tempo dele.

Já avistávamos o portão da faculdade e já imaginávamos instintivamente o que diríamos a Orfieu quando, de repente, a poterna se abriu e o próprio Orfieu apareceu — um Orfieu que eu ainda não tinha visto, pois estava tendo um ataque de raiva. Ele queria saber onde — onde, diabos? — todos nós tínhamos estado e por que o deixamos sozinho para enfrentar os problemas. Nós perguntamos, não no melhor dos humores, a que problema ele se referia.

— Aquela mulher infernal — disparou Orfieu. — Sim, a noiva de Scudamour. A mulher Bembridge. Ao telefone. E agora o que vamos dizer quando ela chegar amanhã?

5

Neste ponto será conveniente voltar minha narrativa para Scudamour. O leitor entenderá que o resto de nós ouviu sua história muito mais tarde; que o ouvimos aos poucos e com todas aquelas repetições e interrupções que surgem ao longo de uma conversa. Aqui, no entanto, tudo será acertado e arrumado em seu benefício. Sem dúvida, perco algo do ponto de vista puramente literário ao não deixá-lo para os próximos capítulos na mesma incerteza que realmente suportamos pelas semanas subsequentes, mas, aqui, a literatura não é minha principal preocupação.

De acordo com o relato de Scudamour, ele não tinha nenhum plano de ação em mente quando se levantou e saltou sobre o cronoscópio. Na verdade, ele nunca teria feito isso se sua empolgação lhe permitisse refletir, pois, como todos nós, ele considerava o instrumento uma espécie de telescópio. Ele não acreditava que pudesse atravessar para o Outrotempo. Tudo o que sabia era que a visão de Camilla nas garras do Homem com Ferrão era mais do que ele podia suportar. Ele sentiu que precisava esmagar alguma coisa... de preferência, o Homem com Ferrão, mas algo, de qualquer forma... ou enlouqueceria. Em outras palavras, ele "perdeu a cabeça".

Ele se lembra de ter corrido para a frente com as mãos estendidas, mas não se lembra do som da lâmpada quebrando. Pareceu-lhe que, quando suas mãos se abriram, ele as viu fechando-se nos braços da garota. Sua impressão foi de triunfo incrédulo: ele pensou, de alguma forma confusa, que havia tirado Camilla do Outrotempo, direto pela tela para o quarto de Orfieu. Ele acha que gritou algo como "Está tudo bem, Camilla. Sou eu".

A garota estava de costas para ele, e ele a segurava pelos cotovelos. Ela se contorceu e olhou para trás, por cima do ombro, enquanto ele falava. Ele ainda pensava que era Camilla e não se surpreendeu ao vê-la pálida e apavorada. Então ele a sentiu ficar subitamente flácida em suas mãos, e percebeu que ela ia desmaiar.

Ele deu um pulo ao ver isso, pois percebeu que estava sentado, e deitou-a em sua cadeira, ao mesmo tempo que gritou para que nós o ajudássemos. Foi nesse momento que tomou consciência de seu novo ambiente. Até então, havia certa estranheza em toda aquela experiência. Tinha sido mais como encontrar Camilla em um sonho do que encontrá-la na vida real; mas, como um sonho, foi aceito sem questionamentos. No entanto, enquanto gritava para nós, várias constatações foram lançadas sobre ele de uma só vez. Em primeiro lugar, percebeu que a língua em que havia gritado não era o inglês. Em segundo lugar, que a cadeira em que deitara a moça (que ele ainda considerava ser Camilla) não era uma das cadeiras do quarto de Orfieu. Além disso, ele não estava com suas roupas comuns. Mas o que mais o assustou foi que, no próprio ato de colocar a garota no chão, ele sentiu a mente toda cambaleando sob o esforço de resistir a um desejo que o horrorizava tanto por seu conteúdo como por sua força quase maníaca. Ele queria aferroar. Havia uma nuvem de dor em sua cabeça, de modo que sentiu que sua cabeça explodiria se não aferroasse. E, por um momento terrível, pareceu-lhe que aferroar Camilla seria a coisa mais natural do mundo. Para que outro propósito ela estava lá?

Sem dúvida, Scudamour fez sua psicanálise. Ele está perfeitamente ciente de que, em condições anormais, um desejo muito mais natural pode se disfarçar nessa forma grotesca. Mas ele tem certeza de que não era isso que estava acontecendo. A dor e a pressão na testa, como ele ainda lembra, não deixam margem para dúvidas. Era um desejo com uma base fisiológica real. Ele estava cheio de veneno e ansiava por descarregá-lo.

Assim que percebeu o que seu corpo o instava a fazer, ele recuou vários passos da cadeira. Não ousou olhar para a garota por alguns minutos, não importando qual ajuda ela pudesse precisar — certamente ele não deveria se aproximar dela. Enquanto permanecia assim, com as mãos cerradas, lutando contra a desordem de seus sentidos, ele observava os arredores sem prestar muita atenção imediata. Ele certamente estava na sala entalhada da Torre Sombria. À sua direita, estava o estrado com balaustrada que já conhecia muito bem.

À sua esquerda, estava aquela parte da sala que nenhum de nós jamais tinha visto. Não era muito grande, talvez uns seis metros de comprimento. As paredes eram completamente cobertas com as decorações que descrevi antes. Havia outra porta na parede oposta e, de cada lado dela, um assento baixo de pedra ocupando toda a largura da sala. Mas, entre ele e aquele assento, havia algo que o deixou sem fôlego: era um cronoscópio quebrado.

Em todos os aspectos, era idêntico ao instrumento de Orfieu. Havia uma moldura de madeira da qual, naquele momento, pendiam os estilhaços de uma tela rasgada. Sobre uma mesa em frente, pendia um objeto cinzento e retorcido que ele não teve dificuldade em reconhecer. Com um súbito lampejo de esperança, curvou-se para examiná-lo. Estava partido em dois lugares e parecia totalmente inútil.

Acho que é um grande mérito de Scudamour ter mantido o autocontrole. Seu próprio relato do assunto é que o terror que lhe acometeu a mente era tão grande que ele simplesmente recusou o terror e se manteve relativamente calmo e resoluto. Ele percebeu de maneira abstrata que estava privado de qualquer esperança de voltar para nosso mundo, cercado por todos os lados pelo desconhecido e sobrecarregado, com uma horrível deformidade física da qual desejos horríveis e, talvez no longo prazo, irresistíveis se derramariam em sua consciência a cada instante. Mas ele não apreendeu tudo isso emocionalmente. Isso, pelo menos, é o que ele diz. Eu mesmo ainda acredito que ele mostrou uma masculinidade extraordinária.

A essa altura, a garota havia aberto os olhos e o encarava com uma expressão de admiração apavorada. Ele tentou sorrir para ela e percebeu que os músculos do rosto, do rosto que ele tinha agora, não estavam acostumados a sorrir.

— Está tudo bem — disse ele. — Não tenha medo. Não vou ferroar você.

— O que é isso? — indagou a garota quase em um sussurro.
— O que você quer dizer com isso?

Antes de continuar, devo explicar que, enquanto viveu em Outrotempo, Scudamour não encontrou dificuldade em falar e entender uma língua que certamente não era o inglês, mas da qual não conseguiu trazer uma única palavra consigo. Orfieu e MacPhee consideram isso uma confirmação da teoria de que o que ocorreu entre ele e seu Sósia foi uma troca real de corpos. Quando a consciência de Scudamour entrou no mundo de Outrotempo, não adquiriu nenhum novo conhecimento no sentido estrito da palavra *conhecimento*, mas se encontrou equipada com um par de orelhas, uma língua e cordas vocais que haviam sido treinadas por anos a fio para receber e emitir os sons da linguagem de Outrotempo, e um cérebro que tinha o hábito de associar esses sons a certas ideias. Assim, ele simplesmente se viu usando uma linguagem que, em outro sentido, não "conhecia". Esse ponto de vista da questão é corroborado pelo fato de que, se, em Outrotempo, alguma vez tentou pensar no que diria, ou mesmo parou para escolher uma palavra, ele imediatamente ficou sem palavras. E, se não conseguisse compreender o que um outrotempense lhe dissesse, ele nunca poderia apontar para qualquer palavra e perguntar o que significava. Suas falas devem ser tomadas como um todo. Quando tudo corria bem, e quando ele estava pensando muito sobre o assunto e nada sobre a linguagem, ele conseguia entender; mas ele não conseguia compartimentar sua conversa linguisticamente, ou escolher substantivos e verbos, ou qualquer coisa desse tipo.

— Está tudo bem — repetiu Scudamour. — Eu disse que não vou ferroar você.

— Não entendo — disse a garota.

A próxima observação de Scudamour falhou. Ele pretendia dizer "Graças a Deus você não entende", mas presume-se que não houvesse palavras para isso na língua que ele estava usando. Nesse momento, é claro, ele não entendeu a situação linguística que acabei de descrever e ficou surpreso ao descobrir que gaguejava. Mas sua mente estava funcionando a toda em relação a outros aspectos da situação.

— Você me conhece, não é? — perguntou.

— Claro que conheço — respondeu a garota. — Você é o Senhor da Terra Sombria e o Unicórnio da Planície Oriental.

— Mas você sabe que nem sempre fui assim. Você sabe quem eu realmente sou. Camilla, você não *me* conhece? Você ainda é Camilla, não é? Não importa o que eles tenham feito com nós dois.

— Eu sou Camilla — disse a garota.

Aqui devo interromper novamente. Não é nem um pouco provável que Scudamour realmente tenha pronunciado a palavra *Camilla* ou que a garota a tenha pronunciado em resposta a ele. Sem dúvida, ele usou qualquer som associado àquela mulher em Outrotempo e obteve o mesmo som de volta dela. Isso, é claro, pareceria a ele como o nome familiar quando ele se lembrasse da conversa depois que voltasse para nós, tendo recuperado seus ouvidos, cérebro e língua treinados em inglês. Mas, na ocasião, ele não entendeu tudo isso. A resposta dela lhe confirmou a crença de que a mulher que tinha diante de si era a verdadeira Camilla Bembridge, capturada, como ele, para o mundo de Outrotempo.

— E quem sou eu? — perguntou ele.

— Por que você está tentando me prender? — retrucou a garota. — Você sabe que é ilegal falar com qualquer unicórnio sobre a forma como ele era antes, quando era apenas um homem comum.

— Não sei nada sobre as leis deles, Camilla. Como as leis deles podem mudar o que há entre mim e você?

Ela não disse nada.

Scudamour deu um passo, para chegar mais perto dela. Ele estava muito confuso, e as respostas de Camilla pareciam estar tirando a única coisa que lhe restava, em prol de sua sanidade, nos destroços de seu mundo conhecido.

— Camilla — disse ele —, não olhe para mim desse jeito! Não tenho ideia do que aconteceu conosco, mas isso não pode significar que você não me ama mais.

A garota olhou para ele com espanto.

— Você está zombando de mim — disse ela. — Como você pode me amar agora que você é o que é?

— Eu não quero ser... isso — disse Scudamour. — Eu só quero que nós dois voltemos a ser como éramos. E, se eu ficasse assim por cem anos, não faria diferença em relação ao meu amor por você... embora eu não tenha muito direito de esperar que você me ame enquanto eu for... um unicórnio. Mas você não pode suportar isso por um tempo, até voltarmos? Deve haver um caminho de volta. De alguma forma, temos de conseguir atravessar.

— Você quer dizer na floresta? — perguntou a menina. — Quer dizer que você fugiria? Ah, mas é impossível. Os Cavaleiros Brancos iriam nos matar. Mas você está tentando armar uma cilada para mim. Deixe-me em paz. Eu nunca disse que iria. Eu nunca falei seu antigo nome. Eu nunca disse que ainda amo você. Por que você quer que eu seja atirada ao fogo?

— Não consigo entender nada do que você está dizendo — respondeu Scudamour. — Você parece pensar que sou seu inimigo. E você parece saber muito mais do que eu. Você está aqui há mais tempo que eu?

— Eu estou aqui toda a minha vida.

Scudamour gemeu e levou a mão à cabeça. Um segundo depois, ele a afastou com um grito de agonia. Se alguma dúvida persistia em sua mente sobre se ele tinha um ferrão na testa, aqui estava a prova positiva. Apenas uma pequena gota de sangue apareceu-lhe na mão, mas ele estava tonto de dor, e sentiu o veneno formigando sob sua pele. A terrível expectativa de que ele se tornaria um Estúpido surgiu em sua mente; mas, aparentemente, o corpo de um Homem com Ferrão é imune a todos os efeitos do próprio vírus. Sua mão ficou dolorida e inchada por vários dias, mas ele saiu ileso. Nesse ínterim, o acidente teve um resultado que ele considerou barato pelo preço da dor. A tensão na cabeça relaxou, o latejar diminuiu, e o desejo de ferroar desapareceu. Mais uma vez, ele se sentiu senhor de si mesmo.

— Camilla, querida — disse ele —, algo terrível aconteceu conosco. Eu lhe direi o que me parece e, então, você me diz como tem sido para você. Mas receio que tenham feito algo à sua memória que não fizeram à minha. Você não se lembra de nenhum outro mundo, nenhum outro país, além deste? Porque eu lembro. Parece-me que, até hoje, você e eu moramos em um lugar bem diferente, onde usávamos roupas diferentes e vivíamos em casas nada parecidas com esta. E nos amávamos lá e éramos felizes juntos. Tínhamos muitos amigos, e todos eram gentis conosco e nos desejavam boa sorte. Não havia Homens com Ferrão lá nem Estúpidos, e eu não tinha essa coisa horrível na cabeça. Você não se lembra de tudo isso?

Camilla balançou a cabeça tristemente.

— O que você lembra? — perguntou ele.

— Lembro-me de estar sempre aqui — disse ela. — Lembro-me de quando era criança e do dia em que nos conhecemos, perto da ponte quebrada, lá onde a floresta começa, e você era apenas um menino, e eu, uma garotinha. E eu lembro quando Mamãe morreu e o que você me disse no dia seguinte. E como ficamos felizes, e tudo o que pensávamos que faríamos, até o dia que você mudou.

— Mas você se lembra de mim em tudo isso, o verdadeiro *eu*. Você sabe quem eu sou?

Então, a garota levantou-se e o olhou diretamente no rosto.

— Sim — disse ela. — Você é Michael.

Mais uma vez, não suponho que as sílabas que ela pronunciou fossem realmente as que escrevi, mas pareceu a Scudamour ter ouvido o próprio nome. E pareceu-lhe que ela falava com a firmeza de uma mártir, alguém que colocava a vida nas mãos dele. Ele entendeu parcialmente então, e entendeu completamente antes de deixar aquele mundo, que, se ele fosse o verdadeiro Homem com Ferrão, a menção de seu nome por parte da garota significaria a morte para ela. Deduzo que foram essas palavras e o olhar dela ao pronunciá-las que primeiro levantaram nele qualquer suspeita séria de que ela não era a verdadeira Camilla. Ele mesmo, como amante leal, não sabia explicar por quê. O mais perto que chegou disso foi dizer que a verdadeira Camilla era "bastante sensata". Nós, os demais, que durante sua ausência tivemos a oportunidade de conhecer muito bem a verdadeira Camilla, seríamos mais diretos. Ela não era o tipo de jovem que arriscaria a vida, ou mesmo o conforto, pela verdade no amor ou em qualquer outra coisa.

— Você está certa — disse ele. — Você é Camilla e eu sou Michael, para todo o sempre, não importa o que façam conosco e confundam nossa mente. Apegue-se a isso. Dá para acreditar no que estou dizendo: que não pertencemos a este lugar, que viemos de um mundo melhor e que temos de voltar para lá se pudermos?

— É muito difícil — disse a garota. — Mas eu vou acreditar se você me contar.

— Ótimo! — disse Scudamour. — Agora me diga o que você sabe sobre este mundo. Você parecia não saber por que foi trazida aqui.

— O que você quer dizer? Claro que eu sabia. Eu vim para cá a fim de beber da vida mais plena, para me tornar uma serva do Grande Cérebro. Eu vim porque meu nome foi chamado, e como agora perdi você, fiquei muito feliz.

Scudamour hesitou.

— Mas, Camilla... — disse ele —, quando eu lhe disse que não ia... ferroá-la... você pareceu não entender.

Ela se assustou com as palavras dele; então, olhou para ele com um rosto cheio de admiração perturbada. Você podia ver que as concepções de toda uma vida haviam sido derrubadas. Finalmente, ela falou, quase em um sussurro.

— Então é assim que se faz mesmo! — exclamou ela.

— Você quer dizer que eles não sabem? — perguntou ele.

— Nenhum de nós sabia. Ninguém vê um Homem com Ferrão depois que ele recebe seu manto, ou, pelo menos, nenhum de nós, pessoas comuns. Não sabemos nem onde ele está, embora muitas histórias sejam contadas. Quando entrei nesta sala, não sabia que o encontraria aqui. Dizem-nos para entrar nunca olhando para trás e fazer nossa oração para... Ele.

Nesse momento, Camilla apontou por cima do ombro de Scudamour e, olhando para trás, ele se viu face a face com o ídolo de muitos corpos do qual quase se esquecera. Olhando para Camilla, ele viu que ela estava se curvando diante daquilo e movendo os lábios.

— Camilla, não, não! — disse Scudamour apressadamente, movido por um impulso que ele supôs ser irracional. Ela parou e olhou para ele. Então, gradualmente, um rubor cobriu o rosto da garota, e ela baixou os olhos. Nenhum deles, talvez, entendeu o porquê.

— Continue falando — disse Scudamour imediatamente.

— Disseram-nos — informou Camilla — para orarmos à sua imagem e, então, ele mesmo virá por trás de nós e colocará suas cem mãos sobre nossa cabeça e soprará em nós a vida maior, para que não vivamos mais com nossa própria vida, mas com a dele. Ninguém jamais sonhou que era o Homem-Unicórnio. Disseram-nos que vocês carregavam ferrões não para nós, mas para nossos inimigos.

— Mas quem já passou por isso nunca conta?
— Como eles poderiam contar?
— Por que não?
— Mas eles não falam.
— Quer dizer que eles são burros? — disse Scudamour.
— Eles são... não sei o que ocorre com eles — disse a garota. — Eles cuidam de seus negócios sem precisar de palavras, pois vivem com uma única vida superior à deles. Eles estão acima da fala.

— Pobres criaturas — lamentou Scudamour, um tanto para si mesmo.

— Quer dizer que eles não estão felizes? — perguntou a garota. — Isso também é mentira?

— Felizes? — retrucou Scudamour. — Não sei. Não com qualquer tipo de felicidade que diga respeito a você e a mim.

— Disseram-nos que um momento da vida deles é uma felicidade tão grande que supera tudo de melhor e mais doce que nós outros poderíamos experimentar em mil anos.

— Você não acredita nisso?
— Não é o que eu quero.

Ela olhou para ele com os olhos cheios de amor. Ele pensou consigo mesmo que Camilla não o amara tanto no velho mundo. Ele não ousou se aproximar e beijá-la, pois seu ferrão o proibia. Sem dúvida, ele poderia virar a cabeça para o lado... a coisa poderia ser arranjada, mas ele sentiu certo horror com a ideia de aproximar seu rosto, como estava agora, do dela.

Houve silêncio entre eles por um minuto ou mais. Ele viu que deveria aprender muito mais sobre essas estranhas terras e que eles deveriam fazer planos, mas a própria profundidade dessa ignorância e o número de perguntas que queria fazer impediram-no de começar. Enquanto permanecia assim, aos poucos foi-se dando conta de que havia muito barulho do lado de fora da Torre Sombria e que estava aumentando rapidamente. Desde que entrara no Outrotempo, de fato, houvera muitos ruídos distantes — ruídos de marteladas e chamados de operários, como ele agora percebia, embora, até então, não tivesse prestado muita atenção neles. Mas esses ruídos haviam desaparecido. O que ele ouvia agora era mais como confusão e tumulto. Havia gritos e aplausos misturados com súbitos silêncios e, depois, passos de muitos pés apressados.

— Você sabe o que está acontecendo? — perguntou ele, ao mesmo tempo que olhava rapidamente ao redor da sala e notava que as janelas, retangulares e sem vidros, estavam bem acima de sua cabeça e não lhe davam a chance de ver lá fora.

Antes que Camilla pudesse responder, a porta se escancarou de repente: não uma das portas do estrado, mas a porta do outro lado, onde ficavam os assentos de pedra. Um homem correu para dentro da sala e, inclinando-se sobre um joelho com tanta pressa que parecia ter caído, gritou:

— Os Cavaleiros Brancos, Senhor! Os Cavaleiros Brancos estão vindo sobre nós!

6

Scudamour não teve tempo de pensar em uma resposta, e foi isso que o salvou. Quase sem a cooperação de sua vontade, ele se viu respondendo com a voz firme e fria de alguém acostumado a comandar:

— Bem. Você não conhece seus deveres?

Seu corpo estava repetindo alguma lição que seus nervos e músculos haviam aprendido antes que ele entrasse nele, e o resultado foi um sucesso total. O recém-chegado estremeceu um pouco, como um cachorro repreendido, e disse com voz mais humilde:

— Sim, Senhor. Agora há novas ordens?

— Não há novas ordens — respondeu Scudamour com perfeita compostura aparente, e o homem, curvando-se, desapareceu instantaneamente. Pela primeira vez desde que passara pelo cronoscópio, Scudamour sentiu vontade de rir; ele estava começando a gostar do gigantesco jogo de blefe que, aparentemente, seria imposto a ele. Ao mesmo tempo, ficou muito intrigado com a aparência daquele homem, que não parecia encaixar-se em nenhuma das categorias da sociedade de Outrotempo que ele já conhecia. Scudamour só poderia descrevê-lo como um Homem com Ferrão sem ferrão. Ele tinha toda a aparência da casta do ferrão, exceto o ferrão em si: manto preto, cabelos pretos e rosto pálido.

Ele teria perguntado a Camilla quem e o que era o homem, mas os sons que vinham de fora eram tais que agora exigiam toda a sua atenção. Ele ouviu mais aclamações, vozes raivosas, gritos de dor, tilintar de aço contra aço e, acima de tudo, o troar de cascos.

— Preciso ver isso — disse ele. — Talvez se eu subir na cadeira... — Mas a cadeira estava presa ao chão ou era muito pesada para movê-la, e ele não conseguia arrastá-la para baixo das janelas. Ele foi até o outro lado da sala e ficou de pé no assento de pedra; em seguida, voltou ao estrado e subiu nele. Ele ficou na ponta dos pés e esticou o pescoço, mas não conseguiu ver nada além do céu. O barulho foi aumentando. Claramente algo como uma verdadeira batalha estava em andamento. Havia grandes choques agora, como se o inimigo estivesse batendo à porta da própria Torre Sombria.

— Quem são esses Cavaleiros Brancos? — perguntou.

— Ah, Michael — respondeu Camilla, com um gesto de desespero —, você se esqueceu até disso? Eles são os selvagens, os devoradores de homens, que destruíram quase todo o mundo.

— Quase todo o mundo?

— É claro. E agora eles também vieram para cá... metade da ilha está nas mãos deles. Mas você deve saber disso. Por isso cada vez mais de nós devemos nos entregar ao Grande Cérebro e devemos trabalhar mais e viver mais: somos apenas remanescentes. Estamos de mãos atadas. Quando nos matarem, eles terão destruído todo o mundo do homem.

— Entendo — disse Scudamour. — Entendo. Eu não sabia nada a esse respeito.

De fato, era uma luz totalmente nova para ele. Ao estudar o Outrotempo pelo cronoscópio, ele tinha sido absorvido pelo puro mal, como lhe parecia, do que via; não lhe ocorrera investigar suas origens... ou, talvez, suas justificativas.

— Mas, Camilla — disse ele —, se eles são apenas selvagens, por que não os derrotamos?

— Não sei — respondeu ela. — Eles são muitos, e tão grandes! Eles são mais difíceis de matar do que nós. E eles crescem muito rápido. Temos poucos filhos; eles têm muitos. Eu não entendo muito do assunto.

— O barulho parece estar diminuindo. Você acha que todos os nossos homens foram mortos? — Ele ficou horrorizado ao perceber que havia chamado os outrotempenses de "nossos homens".

— Haveria mais barulho se os Cavaleiros tivessem entrado na Torre — disse Camilla.

— Isso é verdade — concordou Scudamour. — Talvez eles tenham sido derrotados.

— Talvez não fossem muitos. Esta é a primeira vez que eles vêm até aqui. Da próxima vez haverá mais deles.

— Ouça! — disse Scudamour de repente. Parecia haver um silêncio quase completo no mundo exterior agora e, nesse silêncio, uma única voz gritando muito alto e um tanto monotonamente, como se uma proclamação estivesse sendo feita. Ele não conseguia entender o que era dito. Então, veio novamente o barulho de cascos pisando, dessa vez diminuindo gradualmente.

— Eles se foram — disse Camilla.

— Parece que sim — disse Scudamour —, e isso pode ser tão ruim para você e para mim, querida, como se eles tivessem vencido. Aquele homem estará de volta a qualquer momento. Agora, o que devo fazer com você? Eles vão me deixar ficar com você aqui, já que não a ferroei?

— Se você lhes disser que não sirvo para ser serva do Grande Cérebro, eles vão me atirar ao fogo.

As palavras trouxeram Scudamour de volta à realidade. Ele não chamaria essas criaturas de "nossos homens" uma segunda vez.

— Mas... e se eu disser que você deve ficar aqui, do jeito que está?

Ela olhou para ele com curiosidade.

[Aqui falta a folha 49 do manuscrito.]

ser um povo triste.

— Atrevo-me a dizer, atrevo-me a dizer. E talvez um povo ciumento, invejoso e malicioso também.

— Você está me ensinando o tempo todo a dizer coisas que não ousamos pensar.

— Ouça! — disse Scudamour.

A porta se abriu novamente e o mesmo atendente vestido de preto apareceu.

— Salve, Senhor — começou ele, caindo de joelhos. — Como ninguém duvidou que ocorreria, o senhor venceu os bárbaros e espalhou o terror de seu nome entre eles.

— Faça seu relato — ordenou Scudamour.

— Eles saíram da floresta pelo norte — disse o homem —, galopando tão rapidamente que seus batedores mal chegaram aqui antes deles, e eles estavam sobre nós antes que as tropas pudessem ser ordenadas. Eles foram direto para a porta norte, e alguns deles desmontaram; eles tinham uma árvore derrubada como aríete. Eles pareciam não dar atenção aos trabalhadores que pegavam o que podiam para usar como armas e os atacavam. Os Cavaleiros estavam mais dispostos a ameaçá-los do que a lutar e, quando os trabalhadores não eram detidos por ameaças, eles atacavam debilmente e como tolos, até mesmo usando a parte inferior das lanças. Eles mataram pouquíssimos deles. Quando as tropas chegaram, foi outra questão. Os Cavaleiros os atacaram com lanças e os repeliram duas vezes. Então, parece que desanimaram e não atacaram pela terceira vez. Eles pararam de atacar a porta e se juntaram; em seguida, seu líder gritou uma mensagem. E fugiram.

Scudamour deduziu, pela aparição do mensageiro, que ele próprio não estivera na refrega. Ele também começou a pensar que os outrotempenses tinham ideias estranhas sobre o que constituía uma vitória.

— E qual era a mensagem? — perguntou ele.

O homem parecia envergonhado.

— Não é adequado... — começou ele. — Estava cheia de blasfêmias vis.

— Qual era a mensagem? — Scudamour repetiu no mesmo tom.

— O Senhor da Torre Sombria, sem dúvida, gostaria de ouvi-la em segredo — disse o homem, que já havia olhado várias vezes para Camilla. Então, como se estivesse tomando coragem com as duas mãos, acrescentou: — E esta mulher, Senhor? Ela ainda não bebeu da vida mais plena? Sem dúvida, o Senhor foi interrompido pela chegada dos Cavaleiros.

— Ela não vai provar dessa vida no momento — disse Scudamour com ousadia.

— Ela vai para o fogo, então? — indagou o homem, descuidadamente.

— Não — respondeu Scudamour, mantendo cuidadosamente sua voz isenta de qualquer emoção. — Tenho outra tarefa para ela fazer. Ela deve ser alojada aqui em meus aposentos e, escute, ela deve ser tratada tão bem quanto eu.

Ele se arrependeu das últimas palavras assim que as disse: teria sido mais sensato, pensou ele, não mostrar nenhuma solicitude especial. Ele não conseguia ler o rosto do homem. Ele supôs que alguém pensaria que ele pretendia ter Camilla como amante, e não temia que os desejos dela quanto a isso pudessem contar para alguma coisa no sistema social de Outrotempo; mas ele não sabia se tais coisas eram do caráter de um Homem com Ferrão.

— Ouvir é obedecer — disse o atendente e, levantando-se, abriu a porta e fez um sinal para que Camilla o seguisse. Não era o que nenhum dos dois desejava, e não houve oportunidade de trocar palavras. A todo custo, ele não devia levantar suspeitas desnecessárias. Camilla hesitou e foi.

Deixado sozinho, Scudamour sofreu uma reação repentina à tensão da última hora. Ele percebeu que suas pernas estavam tremendo e afundou na cadeira. Ele tentou pensar em seu próximo movimento. Seria mais fácil se sua cabeça não doesse tanto.

A pausa durou apenas alguns minutos, e o atendente voltou. Ele se ajoelhou como antes, mas houve uma mudança sutil em seu tom de voz quando começou.

— Foi difícil, como já lhe disse. Eles tentaram poupar os operários como sempre fazem, e os operários não gostaram de ficar ao alcance de suas lanças. Quando os Estúpidos chegaram, foi como sempre. Eles parecem não saber como sair do caminho dos cavalos. Não importa o que fazemos, não conseguimos fazê-los mover-se como homens de verdade e mudar de direção. Eles continuam do jeito de sempre.

— E quanto à mensagem?

— Oh, foi o mesmo que eles disseram em outro lugar: que quem viesse até eles, o Senhor da Torre me perdoe, quem viesse até eles com um ferrão na mão, cortado da cabeça de um Unicórnio, teria boa recepção, ele e todo o seu grupo, e seria um homem de destaque entre eles. Receio que muitas pessoas tenham ouvido.

— Isso não importa — disse Scudamour. Essa observação enigmática saiu prontamente de sua língua e serviu muito bem, mas ele se viu sem saber o que dizer quando o atendente recomeçou.

— E a mulher, Senhor? — perguntou o homem, timidamente.

— Bem — disse Scudamour —, e a mulher?

— Certamente ela não foi escolhida erroneamente para ser ferroada. Todos os cuidados foram tomados. Elas são muito parecidas.

As últimas palavras eletrizaram Scudamour. Elas tinham para ele um sentido óbvio: que a mulher de Outrotempo era como Camilla Bembridge em seu próprio tempo, ou, como ele preferia pensar, que outrora haviam existido dois desses Sósias, embora agora, de uma forma ou de outra, Camilla estivesse aprisionada com ele no mundo errado. Não lhe ocorrera que o outrotempense saberia disso. A intensa complexidade do problema surgiu repentinamente em sua mente e o deixou sem fala. Mas ele não podia parar para refletir naquele momento — a todo custo, devia evitar o silêncio. Por fim, disse severamente:

— Há outras coisas a serem feitas antes disso.

O homem olhou duro para ele.

— O Senhor se lembrará de que tais coisas não terminam bem para o Unicórnio que as tenta. — Então, após uma breve pausa, acrescentou: — Mas o Senhor não precisa *me* temer. Vou manter seu segredo. Eu sou seu filho e sua filha.

Em nosso mundo, as palavras dificilmente teriam sido pronunciadas sem algum tipo de olhar malicioso, mas nem mesmo a máscara de gravidade no rosto do locutor seria capaz de esconder seu significado. É, penso eu, um fato bastante curioso que Scudamour tenha sentido um desejo bastante antiquado de bater com força no rosto do homem — uma indignação antiquada, digamos, vitoriana, como por um insulto a Camilla. Pois a verdadeira Camilla Bembridge era o que se chama de "moderna". Ela era tão livre para falar sobre as coisas que a avó não podia mencionar que Ransom dissera, certa vez, que ele se perguntou se ela se sentia livre para falar sobre qualquer outra coisa. Não teria havido dificuldade em sugerir a ela que se tornasse sua amante; não acho que ele teria sucesso a menos que oferecesse uma segurança muito boa, mas não haveria lágrimas, rubores ou indignação. E Scudamour, infere-se, havia captado esse temperamento dela. Mas aqui ele se sentia diferente. Talvez nunca tivesse sido tão "moderno" no coração. Em todo caso, ele agora sentia um forte desejo de bater naquele homem. A ideia de compartilhar um segredo — e aquele segredo — com ele era irritante. Ele recaiu em sua maneira mais arrogante.

— Você é um tolo — acusou ele. — Como pode saber o que se passa em minha mente? É mais uma questão de quanto tempo eu guardarei o *seu* segredo, ou se estou pronto para esquecer que você falou assim. — Nesse momento, uma inspiração surgiu em Scudamour. Era muito arriscado e, se tivesse tido tempo de avaliar os riscos, talvez não tivesse agido. Ele se virou para o cronoscópio quebrado. — Isso não significa nada para você? — perguntou ele. — Você acha que nada fora do comum deve ser planejado e feito agora?

O homem arregalou os olhos. Talvez estivesse genuinamente impressionado.

— Sou seu filho e sua filha — disse ele. — *Eles* o quebraram?

Scudamour fez um movimento de cabeça que, esperava, poderia ser interpretado como um sinal de consentimento ou como uma mera recusa pesarosa em responder.

— Tenho a permissão do Senhor para falar? — indagou o homem.

— Fale — disse Scudamour.

— O Senhor pensa em usar o cérebro da mulher? Não seria um desperdício? Qualquer cérebro comum também não serviria?

Scudamour sobressaltou-se. Ele sabia que Orfieu tivera muita dificuldade em encontrar uma preparação equivalente à substância Z no cérebro humano, elemento necessário em seu cronoscópio. Obviamente, os outrotempenses tinham um método mais simples.

— Você não entende nem um pouco o que deve ser feito — disse ele friamente. Durante toda a conversa, ele lembrou a si mesmo que era tolice começar insultando e antagonizando o primeiro homem de Outrotempo que conhecera, mas era continuamente forçado a fazê-lo. Seu único trunfo nesse novo mundo era sua superioridade oficial como Homem com Ferrão, e o único meio de disfarçar sua ignorância era jogar essa superioridade sobre tudo o que valesse a pena. Mas ele sentiu que agora estava quase no fim de suas forças.

— Traga-me um pouco de comida — disse ele.

— Aqui, Senhor? — indagou o atendente, aparentemente surpreso.

Scudamour hesitou. Seu principal objetivo ao pedir comida era ficar alguns momentos sozinho, mas agora lhe ocorria que seria melhor começar o mais rápido possível a explorar, para descobrir quais quartos e passagens o cercavam.

— Sirva-me comida no lugar de sempre — disse ele.

O atendente se levantou e abriu a porta, ficando de lado para que Scudamour passasse. Por mais que odiasse a sala entalhada, ele não cruzou a soleira sem tremer, pois não tinha ideia do que poderia encontrar. Ele se viu em um espaço muito maior: um corredor oblongo de pedras estampadas com muitas portas. Em uma das extremidades, cerca de doze ou quinze dos Homens com Ferrão sem ferrão estavam sentados juntos no chão. Eles se levantaram e se curvaram, ou mesmo se prostraram, quando ele apareceu, mas ele teve tempo de perceber que todos estavam sussurrando com as cabeças juntas e examinando ativamente uma miscelânea de objetos espalhados pelo chão ao redor deles, como brinquedos espalhados pelo chão ao redor de uma criança. De fato, eram coisas que uma criança poderia usar para brincar. Havia pequenas caixas, potes e tigelas, garrafas, tubos, pacotes e colheres minúsculas.

Scudamour aprendeu muito mais tarde o que tudo aquilo significava, mas já pode ser mencionado aqui. A verdade é que os parentes sem ferrão dos Homens com Ferrão — os Zangões, como podemos chamá-los — só têm um interesse na vida: todos eles esperam que lhes cresça um ferrão. Eles passam quase todo o tempo livre no laboratório, preparando qualquer tipo de panaceia que encontram que seja capaz de produzir a cobiçada deformidade. Às vezes são drogas para beber; às vezes, pós e emplastros para a testa; outras vezes, incisões e cauterizações. Uma depende da dieta; outra, de algum tipo de exercício. Scudamour diz que eles o faziam lembrar muito de jogadores inveterados que se veem morando nas proximidades de qualquer grande cassino continental, cada qual com uma receita particular e infalível de fazer fortuna.

E, como os jogadores, eles pareciam ter uma esperança tal que nenhuma experiência poderia eliminar. Pouquíssimos deles — talvez nenhum, até onde ele pôde perceber — tiveram sucesso. Ano após ano, eles observavam jovens a quem o capricho da natureza havia despertado o ferrão sucedendo-se nos assentos do poder, enquanto eles próprios envelheciam em meio a esses experimentos. Com frequência, se Scudamour entrasse repentinamente na antessala, ouviria fragmentos da conversa sussurrada: "Quando meu ferrão crescer"; "Agora que encontrei o verdadeiro tratamento"; "É claro que é quase certo que não estarei com você no próximo ano".

O atendente o conduziu por esse corredor e para outro quarto menor, onde Scudamour notou, com algum desapontamento, as mesmas janelas altas. A comida foi trazida para ele ali. E, para seu alívio, o atendente não mostrou nenhuma intenção de ficar e servi-lo.

Presumivelmente, o corpo que Scudamour agora animava não se alimentava há algum tempo, e ele se viu voltando-se para a refeição com entusiasmo. Ele estava com sede e com fome, e levou ansiosamente aos lábios uma taça de prata que parecia estar cheia de água. Um momento depois, ele a largou, surpreso. Talvez houvesse um pouco de água na taça, mas a maior parte da mistura era algum tipo de bebida alcoólica, um líquido cru e ardente que deixava a boca ressecada. Ele ficou surpreso por não ter sentido mais aversão àquilo. Então, percebeu que havia pegado uma fruta do prato à sua frente e estava começando a comê-la com a naturalidade de um longo hábito. Era como caqui e, a princípio, ele não conseguiu entender o prazer naquele ato de comer, pois sempre detestara caquis. Depois disso, ele passou a uma mistura seca e cinzenta em uma tigela de madeira. Consistia em pequenas partículas cinzentas, muitas delas de textura arenosa. A refeição inteira, de fato, era de natureza seca, amarga e ardente; e o tempo todo ele gostava do que comia com uma curiosa sensação de que não era natural gostar daquilo. Só quando sua fome foi satisfeita com três porções que ele se deu conta da explicação. Ele estava experimentando os prazeres de um corpo estranho; o paladar e o estômago que apreciavam esses alimentos e estavam habituados a eles não lhe pertenciam. E, com essa descoberta, veio uma sensação de horror. Talvez essa fosse a própria dieta em que o veneno de um Homem com Ferrão era mantido. Talvez... ele não tinha certeza se não havia insetos, ou coisa pior, naquela mistura acinzentada. Ele afastou a cadeira da mesa e se levantou. Estava tentando se lembrar de algo, algum aviso de um conto de fadas que ouvira muito antes de ir para a escola. Ele não conseguiu resgatá-lo por completo, mas imaginou que seria melhor comer o mínimo possível daquela refeição. Ele se perguntou quanta suspeita despertaria se pedisse outra coisa. Nesse ínterim, tinha de descobrir onde eles haviam colocado Camilla.

Ele saiu para o corredor oblongo, e o mesmo atendente levantou-se de onde estivera sentado entre os outros Zangões e veio até ele. Em resposta às suas perguntas, o homem explicou, pelo que pôde entender, que havia colocado Camilla no quarto de Scudamour. Ele falava quase em um sussurro, e o desejo de se colocar em pé de confidencialidade com seu mestre era mais claro do que antes. Suas maneiras eram um pouco menos respeitosas e mais insinuantes. Mais uma vez, Scudamour assumiu uma postura elevada. Ele fez o homem levá-lo até Camilla — e, assim, incidentalmente descobriu o próprio quarto —, e então buscou outro alojamento para ela. Eles não podiam falar um com o outro sozinhos ou mesmo trocar olhares descuidados, mas, pelo menos, agora cada um sabia onde o outro estava alojado. Scudamour ficou surpreso com o número de quartos de dormir e se perguntou quem seriam os convidados habituais de um Homem com Ferrão.

Depois de dar novas ordens para que Camilla fosse bem-cuidada, e não molestada, ele percorreu todos os quartos. Ele foi seguido por toda parte pelo atendente e pelos olhos de todos os Zangões. Isso não era agradável, e ele sentiu que o que estava fazendo poderia aumentar a desconfiança deles. Mas era preciso arriscar, pois a primeira condição para qualquer plano possível consistia em conhecer o ambiente. O que ele mais queria encontrar era a saída dos próprios aposentos — a qualquer momento, talvez fosse desejável deixar a Torre Sombria às pressas. Nisso, ele não teve sucesso: cada quarto se abria interminavelmente em outro quarto e, muito antes de esgotar as possibilidades, concluiu que, pelo menos daquela vez, não ousaria prosseguir com a busca. Nesse ínterim, porém, ele encontrou uma biblioteca — uma sala tão grande quanto a antessala e forrada de livros até o teto. Ele não supôs, naquela situação, que seria capaz de lê-los, mas ficou contente por ter a biblioteca como pretexto para se livrar do Zangão, e ele queria descansar.

7

"Gostaria que Ransom estivesse aqui", disse Scudamour a si mesmo. Ransom é um filólogo. Scudamour sabe pouco sobre idiomas e escritos, e uma olhada nos caracteres no verso dos livros o convencera de que nunca seria capaz de decifrá-los. Ele não esperava conseguir, e sentou-se imediatamente para analisar sua situação. Duas ideias estavam, nesse estágio, lutando em sua mente. A primeira era a possibilidade de consertar o cronoscópio e voltar pelo caminho por onde viera. Essa opção, contudo, era cercada de dificuldades. Ele sabia que Orfieu, do *nosso* lado, levaria muito tempo para fazer um novo cronoscópio, e, com razão, concluiu que seriam necessários dois instrumentos, um em cada tempo. Ele também não sabia como poderia fazer Camilla passar com ele. Sua outra ideia estava muito mais próxima do desespero: uma vaga esperança de que, se o retorno fosse impossível, escapar — e escapar com Camilla — da Torre Sombria para os territórios dos Cavaleiros Brancos poderia ser algo arranjado. Ele estava bastante certo de que esses bárbaros eram mais humanos do que o povo aferroado, e que alguma vida não totalmente detestável poderia ser vivida entre eles. Mas, então, ele se lembrou do que haviam proclamado e pensou que o que trazia na testa o excluiria, de todas as pessoas, de qualquer aliança com eles. E, com essa reflexão, um horror rebelde pela monstruosidade em que ele havia se tornado surgiu novamente sobre ele. Então, levantou-se e caminhou angustiado pela sala silenciosa.

Eis que lhe veio uma surpresa. Ele tinha dado talvez seis ou sete voltas dessa maneira quando, mal percebendo o que havia feito, parou em uma extremidade da caminhada, pegou um volume das prateleiras e, para seu espanto, percebeu que havia lido uma ou duas linhas com facilidade. Claro que ele deveria ter previsto isso. O corpo que ele estava usando já havia andado de um lado para o outro naquela biblioteca, parado e pegado um livro; e a mente de Scudamour, usando os olhos do Homem com Ferrão, podia ler seus livros pelas mesmas razões que o haviam capacitado a usar a linguagem outrotempense. Foram apenas suas próprias dúvidas e seus próprios esforços conscientes que o impediram de entender os títulos quando ele entrou pela primeira vez na biblioteca.

As linhas que ele leu foram as seguintes: "Deve-se lembrar que até mesmo os instruídos não tinham, nessa época, nenhuma concepção da natureza real do tempo. O mundo, para eles, tinha uma história unilinear da qual não havia escapatória, como o é para as pessoas comuns até os dias de hoje. Portanto, era muito natural que...".

O trecho passou a algum assunto histórico que não o interessou. Rapidamente, ele virou várias páginas, mas o livro parecia ser todo histórico, e ele não viu mais referências ao assunto do tempo. Ele estava começando a se perguntar se deveria sentar e ler o livro desde o início quando descobriu que havia um índice. Felizmente, ele agora estava empolgado demais para parar e se perguntar se conhecia o alfabeto outrotempense. Ele encontrou a palavra *tempo* com bastante facilidade, mas a única passagem mencionada era a que ele já havia lido. Por um momento, suas pesquisas pararam. Mas logo descobriu que o livro que tinha em mãos era de uma série, uma história em muitos volumes. Colocou-o de volta e experimentou o volume à direita, mas alguns minutos de comparação o convenceram de que se tratava não de um período posterior, mas de um período anterior. Talvez os outrotempenses colocassem os livros em uma prateleira no que consideramos ser a ordem errada. Ele tentou um volume à esquerda, e não conseguiu descobrir, a princípio, se sua suposição estava correta. A coisa toda ia levar mais tempo do que ele imaginava, e ele tinha de dominar as páginas finais do volume original com bastante atenção. Elas abordavam uma história absolutamente desconhecida para ele. Algumas pessoas chamadas Escurecentes estavam sendo reprimidas "com grande mas necessária severidade", embora ele não pudesse descobrir se eram uma seita, uma nação ou uma família poderosa. Ele aprendeu o suficiente, no entanto, para chegar à conclusão de que o volume à esquerda era a sequência. Ele foi ao índice e encontrou cerca de vinte referências a "tempo", mas todas com o mesmo caráter enigmático. O leitor era constantemente lembrado de que "ainda prevalecia a completa ignorância sobre esse assunto fundamental", que "a visão monista do tempo que a experiência imediata parece sugerir ainda não havia sido questionada", e que "as detestáveis superstições da Idade das Trevas ainda encontravam ponto de apoio na visão pessimista do tempo então atual", e isso o enviou às pressas para o próximo volume. Sentindo-se seguro de que, então, aproximava-se do cerne do mistério, ele o levou para uma mesa no centro da sala e sentou-se para ler com atenção.

O índice desse volume estava repleto de entradas sob o título que o interessavam. Ele tentou a primeira, e aprendeu que "a nova concepção do tempo estava destinada a permanecer por séculos de interesse puramente teórico, mas isso não nos deveria levar a subestimar seus efeitos". Ele continuou: "Como já foi apontado, a revolução em nosso conhecimento do tempo ainda não nos deu poder para controlá-lo, mas modificou profundamente a mente humana". Eram dezenas de depoimentos semelhantes, e Scudamour, mais acostumado a laboratórios do que a bibliotecas, começou a ficar impaciente. Com algum desespero, voltou à primeira página do livro e, depois de ler algumas linhas, arremessou-o com raiva; pois ele havia visto que começava com a afirmação de que "este não era o lugar" para um relato dessas descobertas cujos resultados históricos as páginas seguintes tratavam principalmente.

— Eles esperam que você saiba — disse Scudamour, secamente. Depois pegou o volume, recolocou-o no lugar e começou a estudar outros títulos. Muitos lhe eram ininteligíveis. Ele percebeu que qualquer um deles, ou nenhum deles, poderia conter o que ele queria saber, e que ele não teria tempo — pelo menos, esperava não tê-lo — para ler toda a biblioteca.

Um livro intitulado *A natureza das coisas* parecia promissor, e o conteúdo prendeu sua atenção por algum tempo, não por ter-se provado útil, mas porque o surpreendeu. O que quer que essas pessoas soubessem sobre o tempo, elas sabiam pouquíssimo sobre o espaço. Ele leu que a Terra tinha a forma de um pires, e que não se poderia alcançar a borda do pires porque escorregava pela inclinação, "como mostra a experiência dos marinheiros", que o Sol tinha uns trinta quilômetros de altura e que as estrelas eram "inflamações do ar". De alguma forma, essa ignorância o confortou. O livro seguinte, *Ângulos do tempo*, surtiu efeito oposto. Começava assim: "Um tempo descontrolado procedendo na direção de trás para a frente está sujeito, como se sabe, a flutuações durante as quais pequenas extensões dele (digamos, 0,05 de segundo) farão um ângulo mensurável com a direção de trás para a frente. Se, agora, supusermos que isso aumentou para um ângulo reto, esse tempo irá prosseguir de um lado para o outro" — assim as palavras apareceram na memória de Scudamour quando ele nos contou a história — "e cortará um tempo idealmente normal em ângulos retos. No momento B de interseção, toda a série de eventos em cada um desses tempos será, então, contemporânea daqueles que vivem no outro".

Isso era um absurdo? A infantilidade da geografia de Outrotempo sugeria que isso poderia ser um pouco melhor, mas então um pensamento inquietante o atingiu. E se essa raça tivesse se especializado no conhecimento do tempo, e a nossa, no conhecimento do espaço? Será que nossas concepções de tempo, nesse caso, não estariam tão equivocadas quanto a Terra-pires e as estrelas etéreas dos outrotempenses? As próprias concepções astronômicas de Scudamour pareceriam tão absurdas em Outrotempo quanto essa estranha doutrina de ângulos e flutuações temporais lhe parecia; não seria, portanto, falsa. Ele continuou lendo.

"Seja o momento de interseção X. X será, então, um momento histórico comum a ambos os tempos; em outras palavras, o estado total do universo no tempo A no momento X será idêntico ao estado total do universo no tempo B no momento X. Estados ou eventos semelhantes têm resultados semelhantes. Portanto, todo o futuro do tempo A (ou seja, todo o seu conteúdo na direção em frente) duplicará todo o futuro do tempo B (ou seja, todo o seu conteúdo na direção do todo-concebido)."

Scudamour imaginou que já sabia alguma coisa sobre duplicações; ansiosamente, ele virou a página. "Aqui", dizia o livro, "estamos falando de tempos descontrolados; o leitor naturalmente procurará em outro lugar um relato desses tempos controlados, que têm, é claro, importância prática mais óbvia." Scudamour estava pronto para procurar em outro lugar. Se a biblioteca fosse organizada sistematicamente, o livro que ele queria deveria estar em algum lugar próximo. Ele pegou vários volumes. Todos se ocupavam do mesmo assunto, e em todos estava implícito um significado que ele não conseguia apreender. Ele quase se afastou dessa seção da biblioteca em desespero quando, por fim, pegou um livro aparentemente um pouco mais velho do que os outros que estavam na prateleira mais alta e que ele já havia ignorado mais de uma vez, julgando-o pouco promissor. Tinha um título como *Primeiros princípios*.

"Acreditava-se antigamente", ele leu, "que o espaço tinha três dimensões e o tempo apenas uma, e nossos antepassados comumente retratavam o tempo como um riacho ou uma corda fina, sendo o presente um ponto móvel nessa corda ou uma folha flutuante naquele riacho. A direção para trás a partir do presente foi chamada de passado, como ainda é, e a direção para a frente, de futuro. O que é um pouco mais notável é que se acreditava que existia apenas um desses riachos ou cordas, e que se pensava que o universo não continha outros eventos ou estados além daqueles que ocupavam, em um ponto ou outro, o riacho ou a corda ao longo da qual nosso próprio presente está viajando. Não faltaram, de fato, filósofos que apontaram que isso era apenas um fato da experiência e que não poderíamos dar razão alguma para que o tempo tivesse apenas uma dimensão e para que houvesse apenas um único tempo; na verdade, mais de um dos primeiros cronologistas arriscou a ideia de que o próprio tempo poderia ser uma dimensão do espaço — uma ideia que parecerá quase fantasticamente perversa para nós, mas que, em seu estado de conhecimento, mereceu o elogio de engenhosidade. Em geral, porém, o interesse que os antigos tinham pelo tempo foi desviado de investigações frutíferas por seus esforços vãos para descobrir meios do que eles chamavam de 'viagem no tempo', com o que eles queriam dizer nada mais do que reversão ou aceleração do movimento da mente ao longo do nosso próprio tempo unilinear.

"Este não é o lugar", aqui Scudamour gemeu novamente, "para descrever as experiências que, no trigésimo ano da décima era, convenceram os cronologistas de que o tempo em que vivemos tem flutuações laterais; em outras palavras, a corda, ou o riacho, não deve ser representada por uma linha reta, mas por uma linha ondulada. É-nos difícil perceber quão revolucionária essa descoberta pareceu à primeira vista, tão profundamente enraizadas eram as antigas concepções que lemos sobre pensadores que não conseguiam conceber tal flutuação. Eles perguntavam em *que*, ou para *que*, a corda do tempo se desviou quando se desviou da linha reta; e sua relutância em assimilar a resposta óbvia (que se desviou no tempo, em uma direção para o todo-presente ou para o todo-concebido) deu um novo sopro de vida à doutrina perversa que já observamos, que então era chamada de doutrina do Espaço-Tempo.

"Até o ano 47 ainda não havíamos encontrado qualquer compreensão clara da verdade, mas em 51..."

O que se seguiu era um nome próprio que Scudamour não conseguiu nos dizer, embora o reconhecesse como um nome próprio enquanto lia. Era, sem dúvida, tão familiar aos ouvidos de Outrotempo quanto os de Copérnico e Darwin são para os nossos; mas "X" é o melhor que posso fazer aqui.

"... em 51, X produziu um mapa do tempo que estava essencialmente correto até onde ele foi. Seu tempo é bidimensional: um plano que ele representou no mapa como um quadrado, mas que depois acreditou ser de extensão infinita. A direção de trás para a frente era da esquerda para a direita, a direção do todo-presente para o todo-concebido, de cima para baixo. Ao longo dele, nosso tempo é mostrado como uma linha ondulada predominantemente da esquerda para a direita. Outras épocas que, para ele, eram meramente teóricas são representadas por linhas pontilhadas que correm na mesma direção acima e abaixo — ou seja, para o todo-presente e o todo-concebido do nosso tempo. A princípio, esse diagrama foi a causa de perigosos mal-entendidos, que o próprio X fez o possível para combater quando publicou seu grande *Livro do tempo*, em 57. Nele, apontou que, embora todos os tempos fossem representados esquematicamente como partindo da mão esquerda, ou do lado de trás do quadrado, não se deve, portanto, presumir que eles tenham tido um começo em algo atemporal. Fazer isso seria, de fato, esquecer que o lado esquerdo do quadrado deve representar uma linha do tempo. Seja o quadrado que representa o plano de tempo bidimensional ABCD, e sejam XY e OP duas linhas de tempo que o atravessam na direção todo-presente para todo-concebido. É claro que, se AB e DC representam alguma realidade — ou seja, se o quadrado não é infinito, como ele inicialmente supôs —, elas também serão linhas de tempo. Mas não é menos claro que isso também é verdadeiro para AD e BC. Haverá tempos procedendo de todo-presente para todo-concebido ou de todo-concebido para todo-presente. Nesse caso, X e O, que, do nosso ponto de vista, são o início do próprio tempo, são, de fato, simplesmente momentos sucessivos um ao outro no tempo AD. Se as direções de todos os quatro tempos seguem o caminho certo — ou seja, de A para B, de B para

C, de C para D e de D para A —, então uma consciência que conseguiu passar, digamos em Y, do tempo XY para o BC, e em C do tempo BC até o CD, e assim por diante, atingiria o tempo infinito, e o Quadrado do Tempo, embora finito, seria infinito ou perpétuo..."

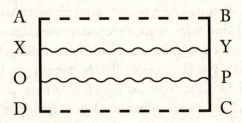

— Eu não acredito em nenhuma palavra disso! — exclamou Scudamour de repente, erguendo os olhos do livro e percebendo-se um tanto surpreso. Ele não estava preparado para aquele desgosto despertado nele pelo tipo de imortalidade que os outrotempenses aparentemente haviam acolhido com entusiasmo. "Eu preferiria ser extinto", ele se pegou pensando. "Prefiro ir para o céu das harpas e dos anjos, como costumavam me contar quando eu era menino." (Ninguém, de fato, lhe dissera algo assim, mas ele estava tendo uma ilusão não incomum sobre esse assunto.) "Eu preferiria ter qualquer coisa a dar voltas e voltas como um rato em um balde de água." "Mas, ainda assim, pode ser verdade", sussurrou sua consciência científica. Voltou-se mais uma vez para o livro e continuou lendo. Depois de algumas páginas, ele encontrou o seguinte:

"Foi deixada para os sucessores de X a tarefa de encontrar o significado prático de sua descoberta. No ano 60, Z, que chegou à cronologia do estudo do folclore, propôs a teoria de que certas criaturas fantásticas e outras imagens que apareciam constantemente em sonhos e nos mitos de povos amplamente separados poderiam ser vislumbres de realidades que existem em um tempo próximo ao nosso. Isso levou à sua famosa experiência com o Cavalo de Fumaça. Ele selecionou esse horror familiar da infância porque é quase único entre imagens assim, por ter surgido em tempos históricos — até o século passado, ainda não haviam encontrado nenhuma evidência de sua existência. Pela técnica psicológica que, desde então, tornou-se famosa, ele descobriu que podia produzir o Cavalo de Fumaça, primeiro como um sonho e, mais tarde, como uma alucinação desperta, em sua própria consciência e na das crianças em quem ele experimentou. Mas ele também descobriu que a imagem havia se alterado de várias maneiras em relação ao Cavalo de Fumaça tradicional e até mesmo em suas memórias mais antigas. O velho Cavalo de Fumaça, ainda preferido na arte popular, consiste essencialmente em um pequeno corpo cilíndrico apoiado em quatro rodas e um visível bico alto que emite fumaça. Mas os Cavalos de Fumaça vistos por Z tinham corpos muito maiores, geralmente verdes, e oito ou dez rodas, enquanto o bico havia sido reduzido a uma minúscula protuberância na frente do corpo cilíndrico. Por volta de 66, ele havia descoberto uma característica da qual a tradição e os sonhos descontrolados não haviam dado indícios, e que, portanto, deixava fora de dúvida que ele estava lidando com alguma realidade objetiva. Ele observou que os Cavalos de Fumaça, ao puxarem suas gigantescas cargas de veículos com rodas, avançavam não ao longo da terra, como se supunha, mas ao longo de hastes paralelas de metal liso, e que essa era a verdadeira explicação de sua prodigiosa velocidade."

Scudamour, a despeito de si mesmo, agora estava lendo rápido demais para compreender o sentido pleno do que lia. A passagem seguinte que ele consegue lembrar foi algo assim:

"Por volta de 69, Z conseguiu fazer algo como um mapa de certas porções de nossa terra natal como eram em Outrotempo.

As estradas de aço pelas quais os Cavalos de Fumaça viajam, e que podem ser traçadas com relativa facilidade, deram a ele suas primeiras orientações. Ele detectou a enorme cidade de Outrotempo, que ocupa o que, em nosso tempo, são os pântanos no início do estuário de Água Leste, e traçou uma estrada de Cavalo de Fumaça completa dali até nossa Cidade da Planície Oriental. Ele não pôde fazer mais do que isso por causa das condições em que trabalhava. Ele havia escolhido corretamente as crianças como seus principais instrumentos para a inspeção de Outrotempo, porque nelas a mente está menos ocupada com as ideias e as imagens de nossa própria existência. As experiências dessas crianças tiveram efeitos muito desagradáveis, levando a extremo terror e, por fim, à insanidade, e a maioria das que ele usou teve de ser destruída antes de atingir a maturidade. A moral da época era baixa, os Cavaleiros Brancos ainda não haviam alcançado nem mesmo a costa continental, e o governo era fraco e míope: Z foi proibido de usar quaisquer filhos das linhagens mais inteligentes, restrições tolas foram impostas a seu controle disciplinar daqueles que lhe foram entregues e, no ano 70, esse grande pioneiro foi vítima de assassinato."

— Obrigad... — disse Scudamour e, então, parou. A palavra que ele tinha em mente não fora encontrada. Ele continuou lendo.

"As honras da próxima etapa dessa grande descoberta são divididas entre K e Q. K, que trabalhou na região sudoeste, concentrou a atenção inteiramente em Cavalos de Fumaça estacionários, dos quais grandes coleções puderam ser experimentadas em sua área. A princípio, ele usou criminosos adultos em vez de crianças, mas já lhe ocorrera a possibilidade de adotar um método diferente. Ele decidiu construir, em nosso próprio tempo, a réplica mais próxima possível de um Cavalo de Fumaça de Outrotempo. Ele falhou repetidas vezes, pois os outrotempenses invariavelmente moviam seu Cavalo de Fumaça antes que o modelo dele fosse concluído. A essa altura, porém, K já havia conseguido observar o prédio de Outrotempo no qual os Cavalos de Fumaça estacionários costumavam ser guardados. Com uma paciência inesgotável, ele se empenhou em duplicá-lo em nosso próprio tempo — é claro, no *espaço* exato ocupado pelo edifício outrotempense. Os resultados superaram todas as expectativas. Cavalos de Fumaça, e até mesmo seres humanos de Outrotempo, tornavam-se, então, fracos mas continuamente visíveis até mesmo para os observadores não treinados. Assim, toda a teoria da atração do tempo foi criada e formulada na lei de K, de que 'quaisquer duas linhas de tempo se aproximam no grau exato quando seus conteúdos materiais se assemelham'. Tornou-se, então, possível, por assim dizer, colocar-nos à vontade à vista de um tempo estranho; restava descobrir se poderíamos produzir algum efeito sobre ele — se estávamos a uma distância de ataque. K resolveu o problema com sua célebre 'Troca'. Ele conseguiu observar uma menina de Outrotempo, de cerca de dez anos, morando com os pais, em condições de extraordinária indulgência que, em Outrotempo, tanto o Estado como a família parecem permitir. Ele, então, pegou uma de nossas próprias crianças, da mesma idade e do mesmo sexo, e, tanto quanto possível, do mesmo tipo físico, e fez com que ela se tornasse consciente de sua contraparte de Outrotempo — especialmente nos momentos em que as experiências desta última provavelmente iriam atraí-la. Ao mesmo tempo, ele a tratou com a maior severidade possível. Tendo assim produzido em sua mente o forte desejo de trocar de lugar com a outrotempense, ele as justapôs, enquanto esta dormia, e simplesmente ordenou que a criança deste tempo escapasse dele se pudesse. O experimento foi bem-sucedido. A criança adormeceu e, aparentemente, acordou sem saber o que a rodeava e, a princípio, sem sentir medo de K. Ela continuou a pedir pela mãe e a implorar que a deixassem 'ir para casa'. Todo tipo de teste foi aplicado e, sem dúvida, deve-se perceber que houve uma verdadeira troca de personalidades. A criança estrangeira assim levada de Outrotempo provou-se inacessível aos nossos métodos educacionais e foi finalmente usada para propósitos científicos."

Scudamour levantou-se e deu uma volta ou duas para um lado e para o outro na sala. Ele notou que a luz do dia estava começando a diminuir e se sentiu cansado, mas não com fome. Sua mente estava curiosamente dividida: de um lado, uma torrente furiosa de curiosidade; do outro, uma profunda relutância em ler mais. A curiosidade venceu, e ele se sentou novamente.

"Enquanto isso", continuava o livro, "Q vinha experimentando as possibilidades de algum instrumento inanimado que nos pudesse dar uma visão de Outrotempo sem a necessidade dos antigos e precários esforços psicológicos. Em 74, produziu seu

[O manuscrito é interrompido aqui, no final da folha 64.]

Uma nota sobre *A Torre Sombria*

Walter Hooper

Depois de uma busca infrutífera por mais páginas, mostrei esse fragmento ao Major Lewis, a Owen Barfield e a Roger Lancelyn Green, e fiquei desapontado ao saber que eles nunca o tinham visto ou ouvido falar dele. Quando Roger Lancelyn Green e eu estávamos escrevendo *C. S. Lewis: A Biography* [C. S. Lewis: uma biografia] (1974), ninguém mais o tinha visto ou reconhecido nossa descrição dele na biografia, e concluí erroneamente que nunca havia sido lido para os Inklings, o grupo de amigos que se encontravam nos aposentos de Lewis no Magdalen College, todas as quintas-feiras à noite, durante o período letivo. Mas, então, Gervase Mathew, amigo de Lewis, leu o manuscrito e o reconheceu imediatamente. Ele lembra de ter ouvido Lewis ler os primeiros quatro capítulos em uma reunião dos Inklings, em 1939 ou 1940, e lembra que a discussão dos Inklings sobre esses capítulos centrava-se principalmente nos assuntos de tempo e memória, os quais exerciam forte fascínio em Lewis na época.

Os amigos de Lewis — e quase todo mundo em Oxford — teriam compreendido suas referências, no primeiro capítulo, às "senhoras inglesas no Trianon" que "viram uma cena inteira de uma parte do passado de muito antes de seu nascimento" e "o livro de Dunne". Mas eles não são bem conhecidos hoje, e algum esclarecimento provavelmente se faça necessário. As "senhoras inglesas" foram Srta. Charlotte Anne Elizabeth Moberly (1846–1937), diretora do St. Hugh's College, Oxford, de 1886 a 1915, e Srta. Eleanor Frances Jourdain (1863–1924), que foi diretora do mesmo colégio de 1915 a 1924. Essas senhoras distintas e instruídas ganharam considerável notoriedade em Oxford ao publicarem, em 1911, sob os pseudônimos de Elizabeth Morison e Frances Lamont, um livro fascinante intitulado *An Adventure* [Uma aventura] — aventura que consistira em verem, em sua primeira visita ao Petit Trianon, em 10 de agosto de 1901, o palácio e os jardins exatamente como elas acreditavam que teriam sido para Maria Antonieta, em 1792.

Essa extraordinária história de fantasmas não é, talvez, inacreditável, e eu entendo que Lewis acreditou nela até que, algum tempo depois, um amigo seu, o Dr. R. E. Havard, mencionou ter visto uma retratação por uma das senhoras envolvidas. Lewis não tinha, até então, ouvido falar disso, e o Dr. Havard diz que ele estava "pouco inclinado a aceitá-la". Embora o Dr. Havard não tenha sido a única pessoa a acreditar que houve uma retratação (o professor Tolkien foi outra), as pessoas que mais sabem sobre a Srta. Moberly e a Srta. Jourdain parecem nunca ter ouvido falar a respeito dela. Sendo esse o caso, e até que haja fortes evidências em contrário, talvez seja sensato concluir que as senhoras mantiveram a história pelo resto da vida. Embora, à primeira vista, pareça que Lewis acreditou no testemunho das senhoras enquanto escrevia *A Torre Sombria*, ele não terminou da forma como começou. Perto do fim da vida, ele considerou que as declarações da Srta. Jourdain não eram confiáveis.

O outro livro mencionado no primeiro capítulo, e que incendiou a imaginação de Lewis, é *An Experiment with Time*

Uma nota sobre A Torre Sombria

[Um experimento com o tempo] (1927), de John William Dunne, um experimentador aeronáutico e expoente do serialismo.[1] Na Parte III do livro, Dunne sugere que todos os sonhos são compostos de imagens de experiências passadas e de experiências futuras, misturadas em proporções aproximadamente iguais. Para corroborar isso, ele sugere — e esse é o "experimento" ao qual Orfieu se refere na página 26 — que se mantenha um caderno e um lápis debaixo do travesseiro e que, "*logo* ao acordar, antes mesmo de abrir os olhos, você se ponha a lembrar dos sonhos que desaparecem rapidamente". Assim, se tal diário for mantido por um período suficientemente longo, o experimentador logo descobrirá essa mistura de eventos passados e futuros. Deve-se notar, no entanto, que, enquanto Dunne está dizendo que um homem pode, em determinadas condições, vislumbrar o passado e o futuro da própria vida, Orfieu está combinando isso com a crença de que você pode ver a vida de outras pessoas, como as senhoras de St. Hugh afirmam ter ocorrido com elas pela mente da rainha francesa.

O próprio Lewis teve muitos sonhos e experimentou frequentes ocorrências de *déjà-vu*. Como, no entanto, seus sonhos eram frequentemente pesadelos, que ele parecia mais ansioso para esquecer do que para lembrar, duvido que ele tenha tentado o "experimento" de Dunne. No decorrer das reuniões dos Inklings, e em uma conversa subsequente com Gervase Mathew, em Addison's Walk (do Magdalen College), Lewis disse que acreditava que o *déjà-vu* consistia em "ver" o que uma pessoa, e somente ela, tinha em algum momento meramente sonhado.

---

[1] Sistema de organização das notas musicais em que todas as doze notas presentes na escala cromática eram empregadas, incluindo as que não se utilizavam nas escalas diatônicas de sete notas do tonalismo. A música serial é também chamada de dodecafônica.

Na segunda dessas ocasiões, Gervase Mathew sugeriu que a memória, que às vezes parece envolver precognição, pode ser um dom herdado, um legado de ancestrais. Até que ponto Lewis acompanhou isso é difícil dizer, mas a ideia parece se haver alojado em sua mente para se manifestar mais tarde em *Aquela fortaleza medonha*, em que Jane Studdock herda o dom Tudor da segunda visão, a capacidade de sonhar realidades. Até mesmo a noção de um "Outrotempo", que não é nem nosso passado, nem nosso presente ou nosso futuro, encontraria caminho em seus livros posteriores, principalmente nas Crônicas de Nárnia. Mais perto da época em que *A Torre Sombria* foi escrita, as ideias encontraram expressão em *Aquela fortaleza medonha* (cap. 9), no qual a seguinte explicação é oferecida sobre onde Merlin esteve do quinto século até que acordou no século 20: "Merlin não tinha morrido. Sua vida fora mantida escondida, desviada, retirada do nosso tempo unidimensional por mil e quinhentos anos […] naquele lugar, no qual permanecem as coisas que são tiradas da rota principal do tempo, atrás de cercas invisíveis, e levadas a campos inimagináveis. Nem todas as épocas que estão fora do presente são obrigatoriamente passadas ou futuras".[2]

Embora *A Torre Sombria* nos conte muito sobre as reflexões de C. S. Lewis acerca do tempo, acho que seria um erro supor que fato e ficção, tão finamente misturados em sua narrativa, não estivessem distinguidos de modo claro em sua mente. Por mais indomável cristão sobrenaturalista ele fosse, a verdade é que, ao mesmo tempo que via as interessantes possibilidades que os fenômenos psíquicos ofereciam para a ficção, desconfiava do espiritismo e acreditava que os mortos

---

[2] *Trilogia cósmica: volume único.* (Rio de Janeiro: Thomas Nelson Brasil, 2022), p. 588. Tradução de Carlos Caldas.

tinham muito mais a fazer do que enviar "mensagens". "Por acaso alguém pode negar", escreveu ele em "Religião sem dogma?", "que a grande maioria das mensagens dos espíritos está lastimavelmente abaixo dos melhores pensamentos e das melhores palavras deste mundo? Ou que, na maioria delas, encontramos banalidades e provincianismo, uma união paradoxal de formalidade e entusiasmo, de monotonia e efusão, o que sugeriria que as almas desses homens moderadamente respeitáveis estão sob a custódia de Annie Besant e Martin Tupper?"[3]

De fato, a maioria das declarações em *A Torre Sombria* que tratam do ocultismo vem de Orfieu, e não de Ransom e Lewis, que são os únicos cristãos na história. Lewis havia bebido profundamente das obras de G. K. Chesterton e, quando Ransom rejeita a noção de reencarnação, alegando que é cristão (p. 35), provavelmente está repetindo uma passagem do livro de Chesterton favorito de Lewis, *O homem eterno*, que chega mais perto de explicar por que Lewis não podia acreditar em algo que ele achava tão divergente do cristianismo. "[...] a reencarnação não é uma ideia realmente mística", disse Chesterton, "nem transcendental ou, nesse sentido, religiosa. O misticismo concebe algo que ultrapassa a experiência; a religião busca vislumbres de um bem melhor ou de um mal pior do que a experiência pode dar. A reencarnação precisa apenas prolongar experiências no sentido de repeti-las. Não é mais transcendental para um homem lembrar-se do que ele fez na Babilônia antes de nascer do

---

[3] *Deus no banco dos réus* (Rio de Janeiro: Thomas Nelson Brasil, 2018), p. 179. Tradução de Giuliana Niedhardt. Annie Besant (1847–1933) foi uma defensora fervorosa das causas liberais e tornou-se membro da Sociedade Teosófica em 1889. Martin Tupper (1810–89) é provavelmente mais conhecido por sua obra *Proverbial Philosophy* [Filosofia proverbial], uma coletânea de máximas e reflexões triviais em forma rítmica.

que se lembrar do que ele fez em Brixton antes de ter sofrido um golpe na cabeça. Suas vidas sucessivas não *precisam* ser mais do que vidas humanas, sob quaisquer limitações que as sobrecarreguem. Não tem relação alguma com ver Deus ou mesmo invocar o diabo."[4]

Há, sem dúvida, outros além de mim que ficaram intrigados por não encontrar, no fragmento, um tema teológico elevado como aquele que percorre os outros livros interplanetários. Acho que a resposta é — na verdade, o próprio Lewis o diz — que ele nunca começou nenhuma história com uma moral em mente e que, onde quer que haja uma, ela abriu o próprio caminho sem ser convidada. Talvez se ele tivesse continuado com *A Torre Sombria,* tal tema teria surgido, mas não estamos certos disso. Com certeza, Lewis não parece ter sabido exatamente o que fazer com Ransom, que, no que diz respeito à história, tem pouco das qualidades intelectuais e heroicas com as quais é abundantemente dotado em *Perelandra, Aquela fortaleza medonha* e, em menor grau, *Além do planeta silencioso.* Tudo o que aprendemos é que ele é uma espécie de cristão "residente" que viajou para o Céu Profundo. Em "Uma resposta ao professor Haldane", Lewis diz que o Ransom de *Aquela fortaleza medonha* (e, presumivelmente, de *Perelandra* também) é "até certo ponto um retrato extravagante de um homem que conheço, mas não de mim",[5] e Gervase Mathew acredita que o "homem" é quase certamente Charles Williams,[6] que Lewis estava começando a conhecer quando

---

[4] *O homem eterno* (Jandira, SP: Principis, 2020), p. 161-2. Tradução de Francisco Nunes.
[5] *Sobre histórias* (Rio de Janeiro: Thomas Nelson Brasil, 2018), p. 133. Tradução de Francisco Nunes.
[6] Charles Walter Stansby Williams (1886–1945), poeta, historiador, biógrafo, romancista, dramaturgo, teólogo, crítico literário inglês e membro dos Inklings.

Uma nota sobre A Torre Sombria

escrevia *A Torre Sombria*. Gervase Mathew era próximo de ambos e, estando em posição de observar a profunda influência de Williams sobre Lewis, vê o Ransom dos dois últimos romances como uma espécie de Williams idealizado — mas um Williams, devo arriscar, sustentado pelo brilho constante e pelo gênio filológico de outros grandes amigos de Lewis: Owen Barfield e J. R. R. Tolkien.

Outro ponto a ser levantado na reunião dos Inklings dizia respeito ao "chifre de unicórnio" ou "ferrão" do Homem com Ferrão, que os amigos de Lewis achavam que sugeria implicações sexuais desagradáveis. Eu não penso que Lewis, consciente ou inconscientemente, pretendesse sugerir algo assim. Mas ele levou a sério essa objeção, e acredito que isso explique por que, no capítulo 5, quando Scudamour começa a desenvolver um "ferrão", ele se preocupou em dizer: "Sem dúvida, Scudamour fez sua psicanálise. Ele está perfeitamente ciente de que, em condições anormais, um desejo muito mais natural pode se disfarçar nessa forma grotesca. Mas ele tem certeza de que não era isso que estava acontecendo".

É uma provocação pensar de que forma Lewis teria continuado a história. Fraco em matemática, ele pode ter sido incapaz de imaginar um método convincente de libertar Scudamour do lugar fechado em que o encontramos na conclusão do fragmento. Receio que nunca saberemos que fim, ou fins (se houver), Lewis tinha em mente para sua história antes de abandoná-la para escrever uma série de outras obras: *O problema da dor* (1940), *Cartas de um diabo a seu aprendiz* (1942) e *A Preface to* Paradise Lost [Um prefácio para *Paraíso perdido*] (1942), cujo último livro possivelmente lhe deu a ideia de *Perelandra*, no qual ele estava trabalhando já em 1941. É, além disso, possível, e até mesmo provável, que Lewis tenha começado outras histórias cujos manuscritos não sobreviveram. Ainda assim, embora fosse típico de seu comportamento estar sempre jogando seus manuscritos na cesta de lixo, era improvável que ele esquecesse alguma coisa.

Vimos como Outrotempo aparece também em outros livros. Existem outros elementos de *A Torre Sombria* que aparecem, embora consideravelmente alterados, em *Aquela fortaleza medonha*. Um personagem que foi transferido de forma bastante reconhecível para a atmosfera mais agradável de *Aquela fortaleza medonha* é o escocês MacPhee. E é aqui que tocamos em um dos pontos fracos de *A Torre Sombria*: o ceticismo persistente de MacPhee sobre o cronoscópio em face de uma experiência diária de um mês de seu funcionamento real. A esse respeito, Owen Barfield me disse: "É como se Lewis estivesse dizendo a si mesmo: 'Decidi ter um divertido escocês astuto como um de meus personagens e, aconteça o que acontecer, ele estará muito feliz em continuar sendo um divertido escocês astuto — e gostará disso!'".

Talvez existam vestígios das duas Camillas em Jane Studdock de *Aquela fortaleza medonha*. Antes de Lewis mudar o sobrenome de Camilla para "Bembridge", que aparece pela primeira vez na página 66, ela se chamava Camilla "Ammeret". Isso sugere que a relação entre Scudamour e as duas Camillas pode ter sido baseada nos personagens Sir Scudamour e Amoret em *The Faerie Queene* [A rainha das fadas], de Spenser[7] (livro III), no qual se conta a história de como a nobre e virtuosa Amoret, imediatamente após o casamento com Sir Scudamour, foi levada pelo feiticeiro Busirane e aprisionada até ser libertada por Britomart. Lewis pode ter começado com a ideia de um caso de amor entre o Scudamour dele e uma boa Camilla vinda da Terra, então

---

[7] Edmund Spenser (1552–99), poeta inglês conhecido por sua poesia renascentista.

Uma nota sobre A Torre Sombria

talvez tenha percebido que precisava de algum motivo para transportar Scudamour para Outrotempo e, por isso, teve a ideia de mandá-lo para lá com o objetivo de resgatar a garota a quem realmente ama. Tendo, assim, uma Camilla *extra*, Lewis parece ter decidido torná-la tão "moderna" que, de qualquer maneira, ela seria errada para Scudamour. A personagem Camilla de Outrotempo nunca é devidamente desenvolvida, mas a da Terra nos diz muito sobre a visão de Lewis sobre a mulher "liberada" e nos fornece o que é possivelmente o melhor pequeno estudo de personagem do livro: "a verdadeira Camilla Bembridge [...] era tão livre para falar sobre as coisas que a avó não podia mencionar que Ransom dissera, certa vez, que ele se perguntou se ela se sentia livre para falar sobre qualquer outra coisa" (p. 91). Acho provável que, por qualquer meio que Scudamour seja devolvido à Terra, Lewis teria conseguido trocar as duas mulheres para que a boa fosse para casa com Scudamour e a "moderna" acabasse em Outrotempo. Um dos livros em que Scudamour fica pensando em Outrotempo descreve como as crianças daquele lugar foram "trocadas" por outras da Terra, e talvez não seja muito fantasioso supor que Lewis talvez tenha pensado em fazer Scudamour descobrir que as duas Camillas haviam sido "trocadas" quando eram crianças. E talvez muitas outras pessoas também, quem sabe?

II

O homem que nasceu cego

— Valha-nos, Deus! — exclamou Mary. — São onze horas. E você está quase dormindo, Robin!

Ela se levantou em meio a uma confusão de ruídos familiares, juntando seus carretéis e suas caixinhas de papelão na cesta de trabalho.

— Vamos, preguiçoso! — chamou ela. — Você não quer estar bem e renovado para sua primeira caminhada amanhã?

— Isso me lembra… — disse Robin e, então, parou. Seu coração batia tão forte que ele teve medo de que sua voz soasse estranha. Ele teve de esperar antes de continuar. — Fiquei pensando — disse ele —, lá… vai ter *luz* lá fora… quando eu for dar aquele passeio?

— O que você quer dizer com isso, querido? — perguntou Mary. — Você quer saber se ficará mais claro ao ar livre? Bem… sim, suponho que sim. Mas vou dizer que sempre acho que esta é uma casa muito iluminada. Este quarto, agora. Pegou sol o dia todo.

— O sol o torna… quente? — perguntou Robin, timidamente.

O homem que nasceu cego

— Do *que* você está falando? — retrucou Mary, virando-se de modo repentino. Ela falou rispidamente, no que Robin chamava de sua voz de "governanta".

— Quero dizer... — disse Robin —, bem, olhe aqui, Mary. Há uma coisa que venho querendo lhe perguntar desde que voltei da casa de repouso. Eu sei que vai soar bobo para você. Mas isso é diferente para mim. Assim que soube que tinha uma chance de recuperar a visão, é claro que fiquei entusiasmado. A última coisa que pensei antes da operação foi "luz". Então, todos aqueles dias depois, esperando até que tirassem as bandagens...

— Certamente, querido. Isso foi natural.

— Então, então, por que eu não... Quero dizer, onde está a luz?

Ela pôs a mão no braço dele. Três semanas de visão ainda não o haviam ensinado a ler a expressão de um rosto, mas ele reconheceu, pelo seu toque, a grande onda quente de afeição estúpida e assustada que havia brotado nela.

— Por que não vem para a cama, querido Robin? — disse ela. — Se é algo importante, não podemos falar sobre isso pela manhã? Você sabe que está cansado agora.

— Não. Eu tenho de resolver isso. Você tem de me falar sobre a luz. Deus amado... você não *quer* que eu saiba?

Ela se sentou de repente com uma calma formal que o alarmou.

— Muito bem, Robin — disse ela. — Pode me perguntar o que quiser. Não há nada com que se preocupar, há?

— Bem, então, em primeiro lugar, há luz nesta sala agora?

— Claro que sim.

— E onde ela está?

— Ora... ao nosso redor.

— Você pode vê-la?

— Sim.

— Então, por que eu não posso?

— Mas, Robin, você pode. Querido, seja sensato. Você pode me ver, não pode? E a lareira, e a mesa e tudo o mais?

— São luzes? É isso que luz significa? Você é luz? A lareira é luz? A mesa é luz?

— Ah! Entendi. Não, claro que não. *Isto* é a luz. — E apontou para a lâmpada, coberta por sua ampla cúpula cor-de-rosa, que pendia do teto.

— Se isso é luz, por que você me disse que a luz estava ao nosso redor?

— Quer dizer, é isso que dá a luz. A luz vem dali.

— Então, onde está a própria luz? Viu? Você não vai dizer. Ninguém vai dizer. Você me diz que a luz está aqui e a luz está ali, e isto está na luz e aquilo está na luz, e ontem você me disse que eu estava na *sua* luz, e agora você diz que a luz é um pedaço de fio amarelo em uma lâmpada de vidro pendurada no teto. Chama isso de luz? É disso que Milton[1] estava falando? Por que você está chorando? Se você não sabe o que é a luz, por que não diz? Se a operação foi um fracasso, e eu não consigo enxergar direito, diga-me. Se não existe essa coisa... se foi tudo um conto de fadas desde o início... diga-me. Mas pelo amor de Deus...

— Robin! Robin! Não. Não continue com isso.

— Continuar com o quê? — Então ele desistiu, desculpou-se e a confortou, e eles foram para a cama.

Um homem cego tem poucos amigos; um homem cego que recuperou a visão há pouco tempo não tem, de certo modo, nenhum amigo. Ele não pertence nem ao mundo dos cegos nem ao dos que enxergam, e ninguém pode compartilhar sua

---

[1] Referência ao canto 3 de *Paraíso perdido*, de John Milton (1608–74), poeta inglês.

experiência. Depois da conversa daquela noite, Robin nunca mais mencionou a ninguém seu problema com a luz. Ele sabia que só seria suspeito de loucura. Quando Mary o levou no dia seguinte para a primeira caminhada, ele respondeu a tudo o que ela disse com: "É lindo... tudo lindo. Só me deixe aproveitar tudo", e ela ficou satisfeita. Mary interpretou seus olhares rápidos como olhares de prazer. Na realidade, é claro, ele estava procurando, procurando com uma avidez que já continha algo de desespero. Mesmo que tivesse ousado, ele sabia que seria inútil perguntar a ela sobre qualquer um dos objetos que via: "Isso é luz?". Ele podia ver por si mesmo que ela apenas responderia: "Não. Isso é verde" (ou "azul", ou "amarelo", ou "um campo", ou "uma árvore", ou "um carro"). Nada havia a ser feito até que ele aprendesse a passear sozinho.

Cerca de cinco semanas depois, Mary teve uma dor de cabeça e tomou café da manhã na cama. Ao descer as escadas, Robin ficou chocado por um instante ao notar a doce sensação de fuga que surgira diante da ausência dela. Então, com um longo e desavergonhado suspiro de conforto, ele deliberadamente fechou os olhos e foi tateando pela sala de jantar até a estante de livros, pois, naquela manhã, ele desistiria do tedioso negócio de se guiar por seus olhos e julgar distâncias e aproveitaria os antigos e cômodos métodos dos cegos. Sem esforço, seus dedos percorreram a fileira de seus fiéis livros em braile e escolheram o gasto volume que desejava. Foi deslizando a mão entre as folhas e dirigiu-se até a mesa, lendo enquanto avançava. Ainda de olhos fechados, cortou a comida, largou a faca, pegou o garfo com a mão esquerda e começou a ler com a direita. Ele percebeu imediatamente que aquela era a primeira refeição de que realmente gostava desde a recuperação da visão. Era também o primeiro livro de que gostava. Ele estava, todos lhe haviam dito, aprendendo muito rapidamente a ler com os olhos, mas isso nunca seria a coisa real. "Á-G-U-A" poderia ser soletrada; mas nunca, nunca, essas marcas pretas se casariam com seu significado como acontece em braile, em que a própria forma dos caracteres comunicava a sensação instantânea de liquidez pela ponta dos dedos. Gastou muito tempo no café da manhã. Depois, saiu.

Havia névoa naquela manhã, mas ele já havia encontrado névoas antes, e isso não o incomodou. Ele foi caminhando pelo meio dela, saindo da pequena cidade e subindo a colina íngreme, e, em seguida, ao longo da estrada do campo que contornava a borda da pedreira. Mary o levara lá alguns dias antes para mostrar o que ela chamava de "vista". E, enquanto eles estavam sentados olhando a vista, Mary disse:

— Que luz adorável há nas colinas ali.

Era uma ideia bem desprezível, pois agora estava convencido de que ela não sabia mais sobre a luz do que ele, que, sim, ela usava a palavra, mas não queria dizer nada com isso. Ele estava até começando a suspeitar que a maioria dos não cegos estava na mesma posição. O que se ouvia entre eles era apenas a repetição papagaiada de um boato: o boato de algo que talvez (essa era sua última esperança) grandes poetas e profetas da Antiguidade realmente tivessem conhecido e visto. Era apenas com base no testemunho deles que ele ainda tinha esperança. Ainda era possível que, em algum lugar do mundo, não em todos os lugares, como os tolos tentaram fazê-lo acreditar, guardada em florestas profundas ou afastada por mares distantes, essa coisa chamada Luz realmente existisse, brotando como uma fonte ou crescendo como uma flor.

A névoa estava diminuindo quando ele chegou à borda da pedreira. À esquerda e à direita, cada vez mais árvores eram visíveis, e suas cores ficavam mais vívidas a cada instante. Sua própria sombra estava diante de si; ele notou que ela ficava mais escura e com bordas mais definidas enquanto olhava para ela. Os pássaros também cantavam, e ele sentia muito calor. "Mas ainda não há Luz", murmurou. O Sol era visível atrás dele, mas o poço da pedreira ainda estava cheio de névoa — uma brancura disforme, agora quase ofuscante.

De repente, ele ouviu um homem cantando. Alguém que ele não havia notado antes estava parado perto da beira do penhasco com as pernas bem abertas, tocando um objeto que Robin não conseguia reconhecer. Se tivesse mais experiência, teria reconhecido aquilo como uma tela sobre um cavalete. Em tais circunstâncias, seus olhos encontraram os olhos desse estranho de aparência selvagem tão inesperadamente que ele deixou escapar "O que você está fazendo?" antes de se dar conta disso.

— Fazendo? — indagou o estranho com certa selvageria. — Fazendo? Estou tentando captar a luz, se quer saber, droga!

Um sorriso surgiu no rosto de Robin.

— Eu também — disse ele, e deu mais um passo, aproximando-se.

— Ah... você também sabe, não é? — disse o outro. Então, de forma quase vingativa: — Todos eles são tolos. Quantos deles saem para pintar num dia desses, hein? Quantos deles irão reconhecê-la se você lhes mostrar? No entanto, se eles abrissem os olhos, é o único tipo de dia em todo o ano em que você pode realmente *ver* a luz, a luz sólida, que você pode beber em um copo ou na qual pode se banhar! Olhe para ela!

Ele pegou Robin rudemente pelo braço e apontou para as profundezas a seus pés. O nevoeiro tentava resistir ao sol, mas nenhuma pedra no solo da pedreira ainda era visível. O banho de vapor reluzia como metal branco e desdobrava-se continuamente em espirais cada vez maiores na direção deles.

— Você vê isso? — gritou o violento estranho. — Há luz para você, se quiser!

Um segundo depois, a expressão no rosto do pintor mudou.

— Ei! — gritou ele. — Você está louco?

Ele tentou agarrar Robin, mas era tarde demais. Ele já estava sozinho no caminho. De uma fenda recém-criada e que rapidamente desaparecia no nevoeiro, não se ouviu nenhum grito, apenas um som tão agudo e definido que dificilmente você esperaria ter sido produzido pela queda de algo tão macio quanto um corpo humano; isso, e algum barulho de pedras soltas.

III

As Terras Inferiores

Estando, segundo creio, de mente sã e com a saúde normal, estou sentado às vinte e três horas para registrar, enquanto a memória ainda está fresca, a curiosa experiência que tive esta manhã.

Aconteceu em meus aposentos na faculdade, onde agora escrevo, e começou da maneira mais comum, com uma ligação telefônica.

— Aqui é o Durward — disse a voz. — Estou na portaria. Estou em Oxford por algumas horas. Posso passar aí e ver você?

Eu disse sim, é claro. Durward é um ex-aluno e um sujeito bastante decente. Eu ficaria feliz em vê-lo de novo. Quando ele apareceu na minha porta, alguns momentos depois, fiquei bem aborrecido ao ver que ele trazia uma jovem a reboque. Eu detesto homens ou mulheres que falam como se estivessem vindo vê-lo a sós e depois surgem repentinamente na sua frente com um marido ou uma esposa, um noivo ou uma noiva. A pessoa deve ser avisada.

A moça não era nem muito bonita nem muito feia e, claro, estragou minha conversa. Não podíamos falar sobre nenhuma das coisas que Durward e eu tínhamos em comum, pois isso significaria deixá-la de fora. E ela e Durward não podiam falar sobre as coisas que eles (presumivelmente) tinham em comum, pois isso me deixaria de fora. Ele a apresentou como "Peggy" e disse que estavam noivos. Depois disso, nós três apenas nos sentamos e ficamos conversando socialmente sobre o tempo e as notícias.

Costumo olhar fixamente quando estou entediado, e receio ter olhado fixamente para aquela garota, sem o menor interesse, por muito tempo. De qualquer forma, eu, com certeza, estava fazendo isso no momento em que a estranha experiência começou. De repente, sem qualquer desmaio ou náusea ou qualquer coisa desse tipo, eu me vi em um lugar totalmente diferente. O quarto familiar desapareceu; Durward e Peggy desapareceram. Eu estava sozinho, de pé.

Minha primeira ideia foi que algo estava errado com meus olhos. Eu não estava na escuridão, nem mesmo no crepúsculo, mas tudo parecia curiosamente borrado. Havia uma espécie de luz do dia, mas, quando olhei para cima, não vi nada que pudesse chamar de céu. Podia, talvez, ser o céu de um dia cinzento, monótono e inexpressivo, mas carecia de qualquer sugestão de distância. "Indefinível", essa era a palavra que eu teria usado para descrevê-lo. Mais abaixo e perto de mim, havia formas verticais, de cor vagamente verde, mas de um verde muito sombrio. Olhei para elas por um bom tempo antes de me ocorrer que poderiam ser árvores. Aproximei-me e examinei-as; e não é fácil expressar em palavras a impressão que causaram em mim. "Um tipo de árvore", ou: "Bem, árvores, se você chama *isso* de árvore", ou: "Uma tentativa de árvore", todas chegariam perto. Eram os arremedos mais grosseiros e inferiores de árvores que você poderia imaginar. Elas não tinham anatomia real, nem mesmo galhos reais; eram mais como postes de luz com grandes manchas verdes disformes presas no topo. A maioria das crianças poderia desenhar árvores melhores de memória.

Foi enquanto eu as inspecionava que notei pela primeira vez a luz: um brilho prateado constante a alguma distância no Bosque Inferior. De imediato, voltei meus passos naquela direção e, então, notei pela primeira vez sobre o que eu estava andando. Era um material confortável, macio, fresco e flexível para os pés, mas, ao olhar para baixo, era terrivelmente decepcionante para os olhos. De uma forma muito imperfeita, era da cor da grama: a cor que a grama tem em um dia bem monótono quando você olha para ela enquanto pensa muito em outra coisa. Mas não havia folhas individuais nela. Abaixei-me e tentei encontrá-las; quanto mais de perto eu olhava, mais vaga a coisa parecia tornar-se. Na verdade, tinha exatamente a mesma qualidade borrada e inacabada das árvores: inferior.

O espanto total da minha aventura começava agora a descer sobre mim. Com ele, veio o medo, porém, em maior medida, uma espécie de nojo. Duvido que isso possa ser totalmente transmitido a alguém que não tenha tido experiência semelhante. Senti como se, de repente, tivesse sido banido do mundo real, brilhante, concreto e prodigamente complexo, para algum tipo de universo de segunda categoria, em que tudo tinha sido reunido de forma barata por um imitador. Mas continuei caminhando em direção à luz prateada.

Aqui e ali, na grama de qualidade inferior, havia trechos do que parecia, a alguma distância, flores. Mas cada trecho, quando eu me aproximava, era tão ruim quanto as árvores e a grama. Não dava para saber de que espécie elas deveriam ser. Elas não tinham caules nem pétalas de fato; eram meras bolhas. Quanto às cores, eu poderia me sair melhor com uma caixa de tintas baratinha.

Eu gostaria muito de acreditar que estava sonhando, mas, de alguma forma, sabia que não estava. Minha verdadeira convicção era que eu havia morrido. Desejei, com um fervor que nenhum outro desejo meu jamais alcançou, ter vivido uma vida melhor.

Uma hipótese inquietante, como se vê, estava se formando em minha mente. Mas, no momento seguinte, explodiu gloriosamente em pedaços. Em meio a todas aquelas coisas vis, de repente encontrei narcisos. Narcisos reais, aparados, frescos e perfeitos. Abaixei-me e toquei neles; endireitei as costas novamente e enchi os olhos com sua beleza. E não apenas com sua beleza, mas — o que me importava ainda mais naquele momento — com sua, por assim dizer, honestidade: narcisos reais, honestos e completos, coisas vivas que suportariam ser examinadas.

Mas onde, então, eu poderia estar? "Vamos para aquela luz. Talvez tudo fique claro lá. Talvez esteja no centro deste lugar estranho."

Alcancei a luz mais cedo do que esperava, mas, quando isso aconteceu, tive outra coisa em que pensar, pois foi quando também encontrei as Coisas Andantes. Tenho de chamá-las assim, pois "pessoas" é exatamente o que não eram. Eram de tamanho humano e caminhavam sobre duas pernas, mas eram, em sua maioria, tão parecidas com homens verdadeiros quanto as Árvores Inferiores eram com árvores. Elas eram indistintas. Embora certamente não estivessem nuas, não dava para saber que tipo de roupa usavam e, embora houvesse uma mancha pálida no alto de cada uma, não se podia dizer que tinham rosto. Pelo menos essa foi minha primeira impressão. Então, comecei a notar exceções curiosas. De vez em quando, uma delas se tornava parcialmente distinta: um rosto, um chapéu ou um vestido se destacava em nítido detalhe. O estranho era que as roupas distintas eram sempre roupas femininas, mas os rostos distintos eram sempre de homem. Ambos os fatos tornaram a multidão — pelo menos, para um homem como eu — tão desinteressante quanto possível. Os rostos masculinos não eram do tipo que me interessava: um bando de aparência chamativa — gigolôs, malandros. Mas eles pareciam bastante satisfeitos consigo mesmos. De fato, todos eles tinham o mesmo olhar tolo de admiração.

Agora eu via de onde vinha a luz. Eu estava em uma espécie de rua. Pelo menos, atrás da multidão de Coisas Andantes de cada lado, parecia haver vitrines, e delas vinha a luz. Atravessei a multidão à esquerda — mas minhas investidas pareciam não resultar em contato físico — e olhei uma das lojas.

Aqui tive uma nova surpresa. Era de um joalheiro e, depois da imprecisão e da podridão geral da maioria das coisas naquele lugar estranho, a visão me deixou sem fôlego. Tudo naquela vitrine era perfeito; cada faceta em cada diamante era distinta, cada broche e cada tiara finalizados até a última perfeição de detalhes intrincados. Eram coisas de qualidade também, como até eu podia ver, peças dignas de centenas de milhares de libras. "Graças a Deus!", suspirei. "Mas isso vai continuar?" Apressadamente, olhei para a próxima loja. De fato, *sim*, continuava. Essa vitrine continha vestidos femininos. Não sou especialista, por isso não posso dizer quão bons eles eram. A loja depois desta vendia sapatos femininos. E ainda continuava. Eram sapatos de verdade, do tipo que aperta os pés e com saltos muito altos que, na minha opinião, estragam até mesmo o pé mais bonito, mas, de qualquer forma, eram reais.

Eu estava pensando comigo mesmo que algumas pessoas não achariam aquele lugar tão monótono quanto eu, quando, então, a estranheza daquela coisa toda veio sobre mim novamente. "Em que inferno...", comecei a dizer, mas imediatamente mudei para: "Em que lugar..." — pois a outra palavra parecia, em todas as circunstâncias, singularmente infeliz —, "Em que lugar eu vim parar? As árvores não são boas; a grama não é boa; o céu não é bom; as flores não são boas, exceto os narcisos; as pessoas não são boas; lojas de primeira classe. O que isso pode significar?"

As lojas, aliás, eram todas femininas; assim, logo perdi o interesse por elas. Caminhei por toda aquela rua e, então, um pouco mais à frente, vi a luz do sol.

Não que fosse a luz do sol propriamente dita, é claro. Não havia fenda no céu opaco que indicasse isso, nenhum raio de luz inclinado para baixo. Todas essas coisas, como tantas outras naquele mundo, não estavam presentes. Havia simplesmente um raio de sol no chão, inexplicável, impossível (exceto pelo fato de que estava lá) e, portanto, nada animador; hediondo, sim, e inquietante. Mas tive pouco tempo para pensar nisso, pois algo no centro daquele trecho iluminado — algo que eu havia tomado por um pequeno prédio — de repente se moveu e, com um choque profundo, percebi que eu estava olhando para uma gigantesca forma humana. Ela se virou. Seus olhos miravam diretamente os meus.

Não apenas era gigante, como também era a única forma humana completa que eu tinha visto desde que entrei naquele mundo. Era feminina. Estava deitada na areia ensolarada, aparentemente em uma praia, embora não houvesse vestígio algum de mar. Estava quase nua, mas tinha uma tira de algum material de cores vivas em volta dos quadris e outra em volta dos seios, como o que uma garota moderna usa em uma praia de verdade. O efeito geral foi repulsivo, mas eu vi, em um momento ou dois, que isso se devia ao tamanho assustador. Considerada abstratamente, a giganta tinha uma boa aparência; uma figura quase perfeita, para quem gosta do tipo moderno. O rosto... mas, tão logo eu realmente vi seu rosto, gritei.

— Oh! — exclamei. — Você está aí. Onde está Durward? E onde estamos? O que aconteceu conosco?

Mas os olhos continuaram olhando diretamente para mim e através de mim. Eu era obviamente invisível e inaudível para ela. Mas não havia dúvida de quem era. Ela era Peggy. Quero dizer, ela era reconhecível, mas era uma Peggy mudada. Não me refiro apenas ao tamanho. No que diz respeito à figura, era uma Peggy melhorada. Eu não acho que alguém poderia ter negado isso. Quanto ao rosto, as opiniões podem diferir. Dificilmente eu mesmo chamaria a mudança de "melhoria". Não havia mais — duvido que houvesse tanto — sentido, gentileza ou honestidade nesse rosto quanto no da Peggy original. Mas era certamente mais regular. Os dentes em particular, que eu notara como um ponto fraco na antiga Peggy, eram perfeitos, como em uma boa dentadura. Os lábios estavam mais cheios. A tez era tão perfeita que sugeria uma boneca muito cara. A expressão com que posso melhor descrever é que Peggy agora se parecia exatamente com a garota de todos os anúncios.

Se eu tivesse de me casar com qualquer uma delas, preferiria a velha e imperfeita Peggy. Mas, mesmo no inferno, eu esperava que não chegasse a isso.

E, enquanto eu observava, o fundo, o absurdo pedacinho de mar-praia, começou a mudar. A giganta se levantou. Ela estava sobre um tapete. Paredes, janelas e móveis cresceram ao seu redor. Ela estava em um quarto. Até eu poderia dizer que era um quarto muito caro, embora não fosse exatamente minha ideia de bom gosto. Havia muitas flores, principalmente orquídeas e rosas, as quais eram ainda mais perfeitas que os narcisos. Um grande buquê (com um cartão anexado a ele) era tão bonito quanto qualquer outro que eu já tinha visto. Uma porta aberta atrás dela me ofereceu a visão de um banheiro que eu gostaria de ter, um banheiro com banheira de imersão. Nele, havia uma criada francesa mexendo em toalhas, sais de banho e outras coisas. A criada não estava tão bem-acabada quanto as rosas, ou mesmo as toalhas, mas seu rosto parecia mais francês do que o de qualquer francesa de verdade.

A gigantesca Peggy agora havia tirado sua vestimenta de praia e ficado nua na frente de um espelho de corpo inteiro. Aparentemente, ela gostou do que viu; tenho dificuldade de expressar o quanto eu não gostei. Em parte, pelo tamanho (é justo lembrar esse detalhe), mas, ainda mais, algo que foi um choque terrível para mim, embora suponha que amantes e maridos modernos devam ser insensíveis a isso. Seu corpo era (obviamente) moreno, como os corpos dos anúncios de banhos de sol. Mas, ao redor de seus quadris, e também em volta de seus seios, onde antes estavam as coberturas, havia duas faixas de um branco morto que pareciam, por contraste, lepra. Por um momento, isso quase me deixou fisicamente doente. O que me surpreendeu foi que ela pudesse ficar de pé e admirar aquilo. Ela não tinha ideia de como isso afetaria os olhos masculinos comuns? Uma convicção bem desagradável cresceu em mim de que esse era um assunto que não interessava a ela; que todas as suas roupas e sais de banho e biquinis de duas peças, e, de fato, toda a voluptuosidade de cada olhar e de cada gesto, não tinham, e nunca tiveram, o significado que todo homem interpretaria, e pretendia interpretar, neles. Eram uma grande abertura para uma ópera pela qual ela não tinha o menor interesse; uma procissão de coroação sem uma rainha em seu centro; gestos, gestos sobre nada.

E agora eu percebia que dois ruídos vinham ecoando há muito tempo; os únicos ruídos que ouvi naquele mundo. Mas eles vinham de fora, de algum lugar além daquela cobertura baixa e cinza que servia às Terras Inferiores de céu. Ambos os ruídos eram batidas; batidas pacientes, infinitamente remotas, como se dois forasteiros, dois excluídos, batessem nas paredes daquele mundo. A primeira era fraca, mas severa; e, com ela, veio uma voz dizendo: "Peggy, Peggy, deixe-me entrar". "A voz de Durward", pensei. Mas como devo descrever a outra batida? Era, de uma forma curiosa, macia; "macia como a lã e afiada como a morte", macia, mas insuportavelmente pesada, como se, a cada golpe, uma mão enorme caísse do lado de fora do Céu Inferior e o cobrisse por completo. E, com essa batida, veio uma voz cujo som fez meus ossos se transformarem em água: "Criança, criança, criança, deixe-me entrar antes que a noite chegue".

Antes que a noite chegue — instantaneamente, a luz comum do dia voltou sobre mim. Eu estava novamente em meus próprios aposentos, e meus dois visitantes estavam diante de mim. Pareciam não ter notado que algo incomum havia acontecido comigo, embora, durante o resto da conversa, eles talvez tenham pensado que eu estava embriagado. Eu estava muito feliz. Na verdade, de certa forma, eu estava embriagado; embriagado pelo puro prazer de estar de volta ao mundo real, livre, fora da horrível prisãozinha daquela terra. Havia pássaros cantando perto de uma janela; havia a verdadeira luz do sol derramando-se sobre um painel. Esse painel precisava ser repintado, mas eu poderia ter-me ajoelhado e o beijado em seu próprio estado de desalinho — a preciosa coisa real e sólida que ele era. Notei um pequeno corte no rosto de Durward, no local em que deve ter-se cortado ao fazer a barba naquela manhã, e senti a mesma coisa a esse respeito. Na verdade, qualquer coisa bastava para me deixar feliz: quer dizer, qualquer Coisa, desde que realmente fosse uma Coisa.

Bem, esses são os fatos; cada um pode fazer o que quiser deles. Minha própria hipótese é a óbvia, a mesma que terá ocorrido à maioria dos leitores. Pode ser óbvia demais; estou pronto para considerar teorias rivais. Minha opinião é que, pela operação de alguma lei psicológica ou patológica desconhecida, fui, por um segundo ou mais, levado a entrar na mente de Peggy; pelo menos a ponto de ver seu mundo, o mundo como existe para ela. No centro desse mundo, está uma imagem inchada de si mesma, remodelada para ser o mais parecida possível com as garotas dos anúncios. Ao seu redor, estão agrupadas imagens claras e distintas das coisas com as quais ela realmente se importa. Além disso, toda a terra e todo o céu são um vago borrão. Os narcisos e as rosas são especialmente ilustrativos. Para ela, as flores só existem se forem do tipo que pode ser cortado e colocado em vasos ou aquelas enviadas como buquês; as flores em si mesmas, as flores tal como as vemos na floresta, são insignificantes.

Como eu disse, essa provavelmente não é a única hipótese que se ajustará aos fatos. Mas foi uma experiência muito inquietante. Não só porque sinto muito pelo pobre Durward. Suponha que esse tipo de coisa se tornasse comum? E se, em outro momento, eu não fosse o explorador, mas o explorado?

IV

Anjos ministradores

O Monge, como o chamavam, acomodou-se na cadeira dobrável ao lado de seu beliche e olhou pela janela para a areia áspera e o céu azul-escuro de Marte. Ele não pretendia começar seu "trabalho" por dez minutos ainda. Não, obviamente, o trabalho para o qual ele fora levado lá. Ele era o meteorologista do grupo, e sua atribuição nessa condição estava praticamente completa: ele havia descoberto tudo o que podia ser descoberto. Não havia mais nada, dentro do raio limitado que ele poderia investigar, a ser observado por pelo menos vinte e cinco dias. E a meteorologia não fora seu verdadeiro motivo. Ele havia escolhido três anos em Marte como o equivalente moderno mais próximo de um eremitério no deserto. Ele tinha ido para meditar: para dar prosseguimento à reconstrução lenta e perpétua daquela estrutura interior que, a seu ver, era o principal objetivo da vida para reconstruir. E agora seus dez minutos de descanso haviam terminado. Ele começou com sua fórmula habitual: "Mestre gentil e paciente, ensina-me a precisar menos dos homens e a amar-te mais". E, então, mãos à obra! Não havia tempo a perder. Havia apenas seis meses desse deserto sem vida, sem pecado e sem sofrimento à sua frente. Os três anos haviam sido breves… mas, quando veio o grito, ele se levantou da cadeira com a agilidade treinada de um marinheiro.

O Botânico na cabine ao lado reagiu ao mesmo grito com um xingamento. Seu olho estava no microscópio quando aconteceu. Foi enlouquecedor. Interrupção constante. Um homem pode muito bem tentar trabalhar no meio da Piccadilly[1] assim como nesse acampamento infernal. E seu trabalho já era uma corrida contra o tempo. Mais seis meses... e ele mal havia começado. A flora de Marte, esses organismos minúsculos e milagrosamente resistentes, a engenhosidade de seus artifícios para viver em condições praticamente impossíveis... tudo isso era um banquete para toda uma vida. Ele ignoraria o grito. Mas, então, veio a campainha. Todos se voltaram para a sala principal.

A única pessoa que estava fazendo, por assim dizer, nada quando veio o grito era o Capitão. Para ser mais exato, ele estava (como sempre) tentando parar de pensar em Clare e continuar seu diário oficial. Clare continuava o interrompendo a mais de sessenta milhões de quilômetros de distância. Isso era absurdo. *Teria precisado de todas as mãos*, escreveu ele. Mãos... suas próprias mãos... suas próprias mãos, mãos, ele sentiu, com seus olhos nelas, viajando por toda a vivacidade quente-fria, suave-firme, tenra, maleável e resistente dela. "Cale a boca, querida", disse ele para a foto sobre a mesa. E, então, de volta ao diário, até as palavras fatais *tinham me causado certa ansiedade*. Ansiedade... oh, Deus, o que pode estar acontecendo com Clare agora? Como ele poderia saber se, a essa altura, havia uma Clare? Tudo pode acontecer. Ele tinha sido um tolo ao aceitar esse trabalho. Que outro homem

---

[1] Picadilly Circus é uma praça movimentadíssima no centro de Londres, construída em 1819.

recém-casado no mundo teria feito isso? Mas parecia bastante sensato. Três anos de separação horrível, mas então... Oh, eles haviam sido feitos para a vida. Haviam lhe prometido o posto com o qual, poucos meses antes, nem ousaria sonhar. Ele nunca mais precisaria ir ao Espaço. E todos os subprodutos: as palestras, o livro, provavelmente um título. Muitos filhos. Ele sabia que ela queria isso e, de uma forma estranha (como ele começou a descobrir), ele também. Mas, droga, o diário! Começar um novo parágrafo... E, então, veio o grito.

Foi um dos dois mais jovens, ambos técnicos, quem o deu. Eles estavam juntos desde a hora do jantar. Pelo menos Paterson estava parado na porta aberta da cabine de Dickson, mudando de um pé para o outro e balançando a porta, e Dickson estava sentado em seu beliche, esperando que o outro fosse embora.

— Do que você está falando, Paterson? — perguntou ele. — Quem falou em briga?

— Tudo bem, Bobby — disse o outro —, mas não somos mais amigos como éramos antes. Você sabe que não somos. Ah, *eu não sou* cego. Eu pedi, *sim*, para você me chamar de Clifford. E você é sempre tão reservado.

— Ah, sai dessa! — exclamou Dickson. — Estou perfeitamente disposto a ser um bom amigo seu e de todos os outros de um jeito normal, mas toda essa conversa fiada, como duas garotinhas de escola... não vou aguentar. De uma vez por todas...

— Oh, olhe, olhe, olhe! — disse Paterson.

E foi então que Dickson gritou, e o Capitão veio e tocou o alarme, e em vinte segundos todos estavam amontoados atrás da maior das janelas. Uma espaçonave acabara de fazer um belo pouso a cerca de cento e cinquenta metros do acampamento.

— Vejam só! — exclamou Dickson. — Eles estão nos substituindo antes do tempo.

— Malditos sejam os olhos deles! É exatamente o que eles fariam — disse o Botânico.

Cinco figuras desciam da nave. Mesmo em trajes espaciais, ficou claro que uma delas era enormemente gorda; as outras não tinham nenhuma característica notável.

— Operar a câmara de descompressão — disse o Capitão.

As bebidas de seu estoque limitado estavam circulando. O Capitão havia reconhecido no líder dos estranhos um velho colega, Ferguson. Dois eram jovens comuns, nada desagradáveis. Mas... e os dois restantes?

— Não entendo — disse o Capitão —, quem exatamente... quero dizer, estamos encantados em vê-los, é claro... mas o que exatamente...?

— Onde está o resto do seu grupo? — perguntou Ferguson.

— Tivemos duas baixas, infelizmente — disse o Capitão. — Sackville e o Dr. Burton. Foi um negócio muito infeliz. Sackville tentou comer o que chamamos de agrião marciano. Isso fez com que ele se debatesse como um louco em questão de minutos. Ele derrubou Burton e, por pura má sorte, Burton caiu na posição errada, naquela mesa ali. Quebrou o pescoço. Amarramos Sackville em um beliche, mas, antes do anoitecer, ele já estava morto.

— Ele teve o bom senso de experimentar primeiro na cobaia? — perguntou Ferguson.

— Sim — respondeu o Botânico. — Foi esse todo o problema. A parte engraçada é que a cobaia sobreviveu. Mas o comportamento dela foi impressionante. Sackville concluiu equivocadamente que a substância era alcoólica. Achou que tinha inventado uma nova bebida. O incômodo é que, uma vez que Burton morreu, nenhum de nós pôde fazer uma autópsia confiável em Sackville. Sob análise, esse vegetal mostra...

Anjos ministradores

— A-a-a-h! — interrompeu um dos que ainda não havia falado. — Devemos tomar cuidado com simplificações excessivas. Duvido que a substância vegetal seja a verdadeira explicação. Existem tensões e estresses. Vocês estão todos, sem saber, em uma condição altamente instável, por razões que não são mistério para um psicólogo treinado.

Alguns dos presentes se perguntaram sobre o sexo dessa criatura. Seu cabelo era muito curto, seu nariz, muito comprido, sua boca, muito cerimoniosa, seu queixo, pontiagudo, e seus modos, autoritários. A voz revelou que, cientificamente falando, era uma mulher. Mas ninguém duvidava do sexo de sua vizinha mais próxima, a gorda.

— Oh, queridinha! — ofegou ela. — Agora não. Eu lhe digo francamente que estou tão perturbada e fraca que vou gritar se você continuar assim. Suponho que não haja algo como vinho do porto e limão à mão? Não? Bem, uma gota a mais de gim me acalmaria. É para o meu estômago, sabe?

A pessoa que falava era infinitamente feminina e talvez na casa dos setenta. Seu cabelo havia sido tingido sem muito sucesso com uma cor não muito diferente de mostarda. O pó (de cheiro forte o suficiente para tirar um trem dos trilhos) jazia como montes de neve nos vales complexos de seu rosto enrugado e com muitos queixos.

— Pare! — rugiu Ferguson. — Faça o que fizer, *num dê* a ela *cos'alguma pra* beber.

— Ele *num* tem coração, *cê* vê? — disse a velha com um gemido e um olhar afetuoso dirigido a Dickson.

— Desculpe-me — disse o Capitão. — Quem são essas... *ahn*... senhoras e o que é isso tudo, afinal?

— Eu estava esperando para explicar — disse a Mulher Magra, e pigarreou. — Qualquer pessoa que esteja acompanhando as "Tendências de Opinião Mundial" sobre os problemas decorrentes do aspecto do bem-estar psicológico da comunicação interplanetária estará consciente da crescente concordância de que um avanço tão notável inevitavelmente exige de nós ajustes ideológicos de longo alcance. Os psicólogos agora estão bem cientes de que uma inibição forçada de impulsos biológicos poderosos por um período prolongado provavelmente terá resultados imprevisíveis. Os pioneiros das viagens espaciais estão expostos a esse perigo. Seria pouco progressista se uma suposta eticalidade se interpusesse no caminho da proteção a eles. Portanto, devemos nos fortalecer para aceitar a visão de que a imoralidade, como até agora foi chamada, não deve mais ser considerada antiética...

— Eu não estou entendendo nada — disse o Monge.

— Ela quer dizer — disse o Capitão, que era um bom linguista — que o que você chama de fornicação não deve mais ser considerado imoral.

— Isso mesmo, queridinho — disse a Mulher Gorda a Dickson. — Ela só quer dizer que um pobre homem precisa de uma mulher de vez em quando. É natural.

— Seria necessário, portanto — continuou a Mulher Magra —, um bando de mulheres dedicadas, que dariam o primeiro passo. Isso as exporia, sem dúvida, ao opróbrio de muitas pessoas ignorantes. Elas seriam sustentadas pela consciência de que estão desempenhando uma função indispensável na história do progresso humano.

— Ela quer dizer que você vai ter raparigas, docinho — disse a Mulher Gorda a Dickson.

— Agora você falou a minha língua — disse ele com entusiasmo. — Um pouco tarde, mas antes tarde do que nunca. Mas você não deve ter trazido muitas garotas naquela nave. E por que você não as trouxe para cá? Ou elas vêm em seguida?

— Não podemos realmente afirmar — continuou a Mulher Magra, que aparentemente não havia notado a interrupção — que a resposta ao nosso apelo tenha sido a que esperávamos. O pessoal da primeira unidade da Organização Superior Humana da Mulher Afrodisioterapêutica (abreviado OSHMA) talvez não seja... bem. Muitas mulheres excelentes, minhas colegas universitárias, até colegas mais antigas, com quem falei, mostraram-se curiosamente convencionais. Mas, pelo menos, um começo foi dado. E aqui — concluiu ela brilhantemente — estamos nós.

E lá, por uns quarenta segundos de silêncio aterrador, eles ficaram. Então, o rosto de Dickson, que já havia sofrido algumas contorções, ficou muito vermelho; ele passou o lenço no rosto e balbuciou como quem tenta reprimir um espirro, levantou-se abruptamente, virou as costas para o grupo e escondeu o rosto. Ele ficou ligeiramente curvado, e era possível ver seus ombros tremendo.

Paterson deu um pulo e correu em sua direção; mas a Mulher Gorda, embora com infinitos grunhidos e convulsões, também se erguera.

— Arreda o pé, maricas — rosnou ela para Paterson. — *Cê* nunca fez bem algum! — Um momento depois, seus braços enormes estavam em volta de Dickson; todo o maternalismo caloroso e vacilante dela o engolfou.

— Pronto, filhinho — disse ela —, vai ficar tudo bem. Não chore, querido. Não chore. Pobre menino, pobre menino. Vou fazer *cê* ficar bem.

— Acho — disse o Capitão — que o jovem está rindo, não chorando.

Foi o Monge quem, a essa altura, sugeriu discretamente uma refeição.

Algumas horas depois, o grupo se desfez temporariamente.

Dickson (apesar de todos os seus esforços, a Mulher Gorda conseguira sentar-se ao lado dele; ela, mais de uma vez, confundira o copo dele com o dela) mal terminara seu último gole quando disse aos técnicos recém-chegados:

— Adoraria ver sua espaçonave, se possível.

Você poderia esperar que dois homens que ficaram presos naquela nave por tanto tempo e só haviam tirado os trajes espaciais alguns minutos antes, relutariam em vestir de novo um e voltar para ela. Essa era certamente a opinião da Mulher Gorda.

— Nã-nã-nã... — disse ela. — Não fique inquieto, filhinho. Eles viram o suficiente daquela bendita nave por um bom tempo, assim como eu. *Né* bom você sair correndo, não com o estômago cheio assim.

Mas os dois jovens foram maravilhosamente prestativos.

— Certamente. Era exatamente isso que eu ia sugerir — disse o primeiro.

— Por mim, tudo bem, meu camarada — disse o segundo. Os três saíram da câmara de descompressão em tempo recorde.

Pela areia, subindo a escada, sem capacete... então:

— Por que diabos vocês jogaram essas duas megeras em cima de nós? — perguntou Dickson.

— *Num* gosta delas? — disse o estranho com o sotaque típico dos bairros pobres de Londres.[2] — Pessoal lá em casa pensou que a esta altura *cê taria* um pouco animadinho. Ingrato de sua parte, eu diria.

— Muito engraçado, com certeza — disse Dickson. — Mas não é motivo de riso para nós.

— Também não foi para nós, sabe? — disse o estranho de Oxford. — Lado a lado com elas por oitenta e cinco dias. Se tornaram um pouco mais amigáveis depois do primeiro mês.

---

[2] *Cockney*, no original: pessoa ou sotaque originário da zona leste de Londres, estereotipicamente mais pobre.

— *Cê* que *tá* dizendo — disse o *cockney*.

Houve uma pausa enojada.

— Alguém pode me dizer — disse Dickson, por fim — quem no mundo, e por que, de todas as mulheres possíveis, selecionou esses dois horrores para enviar a Marte?

— *Cê* não podia esperar um show de estrelas de Londres no fim do mundo, né? — disse o *cockney*.

— Meu caro amigo — disse seu colega —, a coisa não é perfeitamente óbvia? Que tipo de mulher, sem ser forçada, vai vir morar neste lugar medonho... com rações... e se fazer de amante para meia dúzia de homens que ela nunca viu? As Garotas dos Momentos Agradáveis não virão porque sabem que não passarão um tempo agradável em Marte. Uma prostituta profissional comum não virá enquanto tiver a menor chance de ser contratada no quarteirão mais barato de Liverpool ou de Los Angeles. Você tem uma que nem teve essa chance. A única outra que viria seria uma excêntrica que acreditasse em todo aquele papo furado sobre a nova eticalidade. E você tem uma dessas também.

— Simples, *num* é? — disse o *cockney*.

— Qualquer um — disse o outro —, exceto os Tolos no Topo, poderia, é claro, ter previsto isso desde o início.

— A única esperança agora é o Capitão — disse Dickson.

— Ó, *parcêro* — disse o *cockney* —, se *cê* acha que há alguma possibilidade de a gente receber de volta as mercadorias entregues, *cê* errou. Nada a fazer. Nosso Capitão vai *tê* um motim *pra* resolver se tentar isso. E ele também *num* vai. Já teve a *veiz* dele. *Nóis* também. Agora é *co'cês*.

— O certo é o certo, sabe? — disse o outro. — Aguentamos tudo o que pudemos.

— Bem — disse Dickson —, vamos deixar os dois chefes lutarem para resolver. Mas, disciplinado ou não, há algumas coisas que um homem não suporta. Aquela maldita mulher parece até uma professorinha ultrapassada...

— Na verdade, ela é professora de uma universidade de tijolos vermelhos.[3]

— Bem — disse Dickson após uma longa pausa —, você ia me mostrar a nave. Isso pode me distrair um pouco.

A Mulher Gorda estava conversando com o Monge.

— ... e oh, querido Padre, sei que você vai pensar que isso é o pior de tudo. Não larguei quando podia. Depois que a esposa do meu irmão morreu... ele até teria me deixado morar *co'ele*, e a grana não era tão curta. Mas eu continuei, Deus me ajude, eu continuei.

— Por que você fez isso, filha? — disse o Monge. — Você *gostava*?

— Bem, não de todo, Padre. Eu nunca fui extraordinária. Mas veja, oh, Padre, eu estava bem naqueles dias, embora você não pense assim agora... e os pobres cavalheiros, eles gostavam tanto...

— Filha — disse ele —, você não está longe do Reino. Mas você estava errada. O desejo de dar é abençoado. Mas você não pode transformar notas falsas em boas apenas doando-as.

O Capitão também deixou a mesa rapidamente, pedindo a Ferguson que o acompanhasse até sua cabine. O Botânico saltou atrás deles.

— Um momento, senhor, um momento — disse ele, agitado. — Eu sou cientista. Já estou trabalhando sob pressão

---

[3] No original, "redbrick university". É uma referência a um grupo de instituições de ensino, fundadas em cidades industriais da Inglaterra, que receberam seu status de universidade no século 19. Posteriormente, mais universidades passaram a ser identificadas com o mesmo termo.

muito elevada. Espero que não haja nenhuma reclamação a ser feita sobre meu cumprimento de todos os outros deveres que tão incessantemente interrompem meu trabalho. Mas se esperam que eu perca mais tempo entretendo aquelas fêmeas abomináveis...

— Quando eu lhe der qualquer ordem que possa ser considerada *ultra vires*[4] — disse o Capitão —, será a hora de fazer seu protesto.

Paterson ficou com a Mulher Magra. A única parte de qualquer mulher que o interessava era o ouvido. Ele gostava de contar às mulheres sobre seus problemas, especialmente sobre a injustiça e a crueldade de outros homens. Infelizmente, a ideia da senhora era que o momento deveria ser dedicado à afrodisioterapia ou à instrução em psicologia. Ela não viu, de fato, razão alguma para que as duas operações não fossem realizadas simultaneamente; apenas mentes não treinadas não conseguem manter mais de uma ideia. A diferença entre essas duas concepções da conversa estava prestes a prejudicar seu sucesso. Paterson estava ficando mal-humorado; a senhora permaneceu brilhante e paciente como um iceberg.

— Como eu estava dizendo — resmungou Paterson —, o que eu acho tão podre é um sujeito ser bastante decente um dia, e depois...

— O que apenas ilustra meu ponto de vista. Essas tensões e desajustes estão fadados a surgir, sob condições não naturais. E, contanto que desinfetemos o remédio óbvio de todas aquelas associações sentimentais ou... o que é igualmente ruim... lascivas, que a era vitoriana atribuía a ele...

---

[4] Latim: "além dos poderes, da força". No direito, indica aqueles atos que vão além do poder legal ou da autoridade da pessoa que executa uma ação.

— Mas ainda não lhe contei. Ouça. Faz só dois dias...
— Um momento. Isso deve ser considerado como qualquer outra injeção. Se pudermos persuadir...
— Como qualquer sujeito pode ter prazer...
— Concordo. A associação disso com o prazer, que é puramente uma fixação adolescente, pode ter causado danos incalculáveis. Visto racionalmente...
— Você está fugindo do assunto.
— Um momento...
O diálogo continuou.

Eles terminaram de examinar a espaçonave. Com certeza era uma beleza. Depois disso, ninguém se lembrou de quem foi o primeiro a dizer: "Qualquer um pode conduzir uma nave como essa".

Ferguson sentou-se calmamente para fumar, enquanto o Capitão lia a carta que ele lhe trouxera. Ele nem olhou na direção do Capitão. Quando, por fim, a conversa teve início, havia tanta felicidade no ambiente da cabine que eles demoraram muito para começar a parte difícil do assunto. O Capitão parecia, a princípio, totalmente ocupado com seu lado cômico.

— Ainda assim — disse ele finalmente —, a coisa tem seu lado sério também. A impertinência disso, para começar! Então, eles pensam...

— Mas *cê* precisa lembrar — disse Ferguson — que eles *tão* lidando com uma situação absolutamente nova.

— Ah, *nova* o caramba! Como isso difere dos homens em navios baleeiros, ou mesmo em veleiros nos velhos tempos? Ou na fronteira noroeste? É tão nova quanto as pessoas passarem fome quando a comida é escassa.

— Ei, cara, mas *cê tá* esquecendo a nova ótica da psicologia moderna.

— Acho que aquelas duas mulheres medonhas já aprenderam alguma psicologia mais recente desde que chegaram. Eles realmente supõem que todo homem no mundo é tão inflamável que pularia nos braços de qualquer mulher?

— Sim, eles acham. Eles vão dizer que você e seu grupo são muito anormais. Eu *num* duvido de que, daqui a pouco, eles vão enviar pacotinho de hormônios *pr'ocês*.

— Bem, se chegar a esse ponto, eles acham que os homens se voluntariariam para um trabalho como este, a menos que pudessem, ou pensassem que poderiam, ou quisessem tentar, se pudessem, enfrentá-lo sem mulheres?

— Então, existe a nova ética, além disso.

— Oh, chega disso, seu velho cafajeste. O que há de novo nisso também? Quem já tentou ser íntegro exceto uma minoria que tinha uma religião ou estava apaixonada? Eles vão tentar ainda em Marte, como fizeram na Terra. Quanto à maioria, alguma vez hesitaram em levar seus prazeres para onde quer que pudessem? As senhoras da profissão sabem bem disso. Você já viu um porto ou uma cidade militar sem muitos bordéis? Quem são os idiotas do Conselho Consultivo que deram início a toda essa bobagem?

— Ah, um bando de *veias* malucas (a maior parte usando calça) que gostam de qualquer coisa sexy, e qualquer coisa científica e qualquer coisa que as faça se sentirem importantes. E isso dá a elas todos os três prazeres de uma só vez, *cê* sabe!

— Bem, só há uma coisa a fazer, Ferguson. Não vamos ficar nem com sua Sra. Passada do Ponto nem com sua Conferencista de Extensão aqui. Você pode simplesmente...

— Agora *num* tem utilidade falar dessa maneira. Eu fiz o meu trabalho. Outra viagem com uma carga de gado, isso eu *num vô* enfrentar. E meus dois rapazes, idem. Ia ter motim e assassinato.

— Mas você tem que fazer, eu sou...

Naquele momento, um clarão ofuscante veio lá de fora e a terra tremeu.

— *Mi'a* nave! *Mi'a* nave! — exclamou Ferguson. Os dois homens espiaram a areia vazia. A espaçonave obviamente fizera uma excelente decolagem.

— Mas o que aconteceu? — indagou o capitão. — Eles não...

— Motim, deserção e roubo de uma nave do governo, foi isso que aconteceu — disse Ferguson. — Meus dois rapazes e o seu Dickson *tão in'o pra* casa.

— Mas, meu Deus, eles vão sofrer o diabo por causa disso. Eles arruinaram a carreira. Eles serão...

— Sem dúvida. E eles acham que o preço foi pouco. *Cê* vai ver o porquê, talvez, antes de ficar quinze dias mais velho.

Um brilho de esperança surgiu nos olhos do Capitão.

— Será que eles não levaram as mulheres com eles?

— Fale com bom senso, cara, fale com bom senso. Ou, se *num* tem bom senso, use os ouvidos.

No burburinho da conversa agitada, que se tornava cada vez mais audível lá da sala principal, as vozes femininas podiam ser intoleravelmente distinguíveis.

Enquanto se preparava para a meditação vespertina, o Monge pensou que talvez estivesse se concentrando demais em "necessitar menos", e talvez por isso ele teria de fazer um curso (avançado) de "amar mais". Logo seu rosto se contorceu em um sorriso que não era só alegria. Ele estava pensando na Mulher Gorda. Quatro coisas formavam um acorde requintado. Primeiro, o horror de tudo o que ela havia feito e sofrido. Em segundo lugar, a compaixão por — e, em terceiro lugar, a comicidade de — sua crença de que ainda podia provocar desejo. Em quarto lugar, sua abençoada ignorância daquele encanto totalmente diferente que já existia dentro dela e que, sob a graça e com uma direção tão pobre que até mesmo ele poderia fornecer, poderia um dia colocá-la, brilhante na terra do esplendor, ao lado de Madalena.

Mas espere! Ainda havia uma quinta nota no acorde.

— Oh, Mestre — murmurou ele —, perdoe, ou seria possível achar engraçado?, minha absurdidade também. Eu vinha supondo que você me enviou em uma viagem de sessenta milhões de quilômetros apenas para minha própria conveniência espiritual.

V

Formas de coisas desconhecidas

> "… o que era mito em um mundo poderia ser verdade em outro."
> *Perelandra*[1]

— Antes que a aula termine, senhores — disse o instrutor —, eu gostaria de fazer alguma referência a um fato que é conhecido por alguns de vocês, mas provavelmente ainda não por todos. O Alto Comando, não preciso lembrá-los, pediu um voluntário para mais uma tentativa na Lua. Será a quarta. Vocês conhecem a história das três anteriores. Em cada caso, os exploradores desembarcaram ilesos ou, pelo menos, vivos. Recebemos suas mensagens. Todas as mensagens eram curtas, algumas aparentemente interrompidas. E, depois disso, nunca mais uma palavra, senhores. Acho que o homem que se oferece para fazer a quarta viagem tem tanta coragem quanto qualquer um de quem já ouvi falar. E eu não posso dizer-lhes quão orgulhoso estou por ele ser um dos meus alunos.

---

[1] *Trilogia cósmica: volume único.* (Rio de Janeiro: Thomas Nelson Brasil, 2022), p. 264. Tradução de Carlos Caldas.

Ele está nesta sala neste momento. Desejamos a ele toda sorte possível. Senhores, peço que deem três vivas para o tenente John Jenkin.

Então, a classe se tornou uma multidão em vivas por dois minutos; depois disso, uma multidão apressada e tagarela no corredor. Os dois maiores covardes trocavam as várias razões familiares que os haviam dissuadido de se voluntariar. O sábio disse: "Há algo por trás de tudo isso". O vil disse: "Ele sempre foi um cara que faria qualquer coisa para se destacar". Mas a maioria apenas gritou: "Que você dê um extraordinário espetáculo, Jenkin!", e desejou-lhe boa sorte.

Ward e Jenkin fugiram juntos para um *pub*.

— Você manteve isso bem escondido — disse Ward. — O que vai pedir?

— Uma caneca de chope Bass — disse Jenkin.

— Você quer falar sobre isso? — disse Ward um tanto desajeitado quando as bebidas chegaram. — Quero dizer... se você não pensar que estou me intrometendo... não é só por causa daquela garota, é?

"Aquela garota" era uma jovem que pensavam ter tratado Jenkin bastante mal.

— Bem — disse Jenkin —, acho que eu não iria se ela tivesse se casado comigo. Mas não é uma tentativa espetacular de suicídio ou qualquer bobagem desse tipo. Eu não estou deprimido. Não sinto nada de especial por ela. Não estou muito interessado em mulheres, para dizer a verdade. Agora não. Um pouco petrificado.

— Então, o que é?

— Pura curiosidade insuportável. Eu li essas três pequenas mensagens várias vezes até conhecê-las de cor. Já ouvi todas as teorias que existem sobre o que as interrompeu. Eu tenho...

— É certo que todas foram interrompidas? Achei que uma delas deveria estar completa.

— Você se refere a Traill e Henderson? Acho que ficou tão incompleta quanto a dos outros. Primeiro foi Stafford. Ele foi sozinho, como eu.

— E tem de ser assim? Eu irei, se você me aceitar.

Jenkin balançou a cabeça.

— Eu sei que iria — disse ele. — Mas você vai ver rapidinho por que eu não quero que você o faça. Voltando às mensagens: a de Stafford foi obviamente interrompida por alguma coisa. Ela dizia: "Stafford a cem quilômetros do ponto X0308 na Lua. Minha aterrissagem foi excelente. Eu tenho…", então silêncio. Depois vêm Traill e Henderson. "Nós pousamos. Estamos perfeitamente bem. O cume M392 está bem à minha frente enquanto falo. *Over*."[2]

— O que você acha de "*over*"?

— Não aquilo em que você está pensando. Você acha que significa *finis*, a mensagem acabou. Mas quem no mundo, falando com a Terra da Lua pela primeira vez em toda a história, teria tão pouco a dizer se fosse *possível* dizer mais alguma coisa? Como se ele tivesse cruzado para Calais[3] e enviado à avó um cartão dizendo: "Cheguei em segurança". A coisa toda é ridícula.

— Bem, o que *você* acha de "*over*"?

— Espere um momento. O último lote foram Trevor, Woodford e Fox. Foi Fox quem enviou a mensagem. Lembra-se disso?

— Provavelmente não com tanta precisão quanto você.

---

[2] Essa palavra em inglês é usada para indicar o fim de uma mensagem transmitida por rádio, a qual indica também a espera de uma resposta. Em português, é traduzida como "câmbio". No entanto, também pode significar "sobre" e "por cima de" — sentidos que o autor utiliza na continuação do texto, razão pela qual optamos por manter o termo original aqui.

[3] Cidade ao norte da França, no ponto mais estreito do Canal da Mancha; é a cidade francesa mais próxima da Inglaterra.

— Bem, foi isto: "Aqui é Fox falando. Tudo correu maravilhosamente bem. Pouso perfeito. Vocês fizeram um lançamento muito bom porque estou no Ponto X0308 neste momento. Cume M392 bem em frente. À minha esquerda, bem longe da cratera, vejo os grandes picos. À minha direita, vejo a fenda Yerkes. Atrás de mim". Pegou?

— Não vejo sentido.

— Bem, Fox foi cortado no momento em que disse "atrás de mim". E se Traill tenha sido interrompido enquanto dizia: "Por *sobre* meu ombro, atrás de mim, posso ver..." ou algo assim?

— Você quer dizer que...

— Todas as evidências são consistentes com a visão de que tudo corria bem até que aquele que falava olhou para trás. Então, alguma coisa o pegou.

— Que tipo de coisa?

— É isso que eu quero descobrir. Uma ideia que tenho na cabeça é esta: pode haver alguma coisa na Lua, ou algo psicológico na experiência de pousar na Lua, que enlouquece os homens?

— Entendo. Você quer dizer que Fox olhou em volta bem a tempo de ver Trevor e Woodford se preparando para bater na cabeça dele?

— Exatamente. E Traill, pois era Traill, bem a tempo de ver Henderson uma fração de segundo antes de Henderson matá-lo. É a razão por que não vou arriscar ter um companheiro, muito menos meu melhor amigo.

— Isso não explica Stafford.

— Não. É por isso que não se pode descartar a outra hipótese.

— Qual?

— Bem... que aquilo que matou todos eles foi algo que encontraram lá. Algo lunar.

— Com certeza você não vai sugerir vida na Lua a esta altura do campeonato?

— A palavra *vida* sempre levanta essa questão. Porque, é claro, sugere organização da forma como a conhecemos na Terra; com toda a química que a organização envolve. Claro que dificilmente poderia haver algo desse tipo. Mas pode haver... pelo menos não posso dizer que não... massas de matéria capazes de movimentos determinados por dentro, determinados, de fato, por intenções.

— Oh, meu Deus, Jenkin! Isso é um absurdo! Pedras animadas, por certo! Isso é mera ficção científica ou mitologia.

— Ir para a Lua já foi ficção científica. E, quanto à mitologia, não encontraram o labirinto de Creta?

— E tudo o que realmente importa — disse Ward — é que ninguém jamais voltou da Lua e ninguém, até onde sabemos, jamais sobreviveu lá por mais de alguns minutos. Que se dane essa coisa toda! — Ele olhou melancolicamente para sua caneca.

— Bem — disse Jenkin, alegremente —, alguém tem de ir. A raça humana inteira não vai ser derrotada por nenhum maldito satélite.

— Eu devia saber que esse era seu verdadeiro motivo — disse Ward.

— Beba outra caneca e não fique tão triste — disse Jenkin. — De qualquer forma, tenho muito tempo. Acho que não vão me tirar daqui antes de seis meses, no mínimo.

Mas quase não houve tempo. Como qualquer homem no mundo moderno sobre quem a tragédia caiu ou que empreendeu uma grande aventura, ele viveu nos meses seguintes uma vida não muito diferente da vida de um animal caçado. A imprensa, com todas as suas câmeras e seus blocos de anotação, estava atrás dele. Os repórteres não se importavam nem um pouco se ele tinha permissão para comer ou dormir ou se eles o deixavam com os nervos em frangalhos antes de partir. "Moscas-varejeiras", ele os chamava. Quando forçado a se dirigir a eles, sempre dizia: "Gostaria de poder levar todos vocês comigo". Mas ele também refletiu que um anel de Saturno formado por repórteres mortos (e queimados) circulando em torno de sua espaçonave poderia irritá-lo. Dificilmente tornariam "o silêncio dos espaços infinitos"[4] mais familiar.

A decolagem, quando aconteceu, foi um alívio. Mas a viagem foi pior do que ele esperava. Não fisicamente — sob esse aspecto, nada pior do que desconfortável —, mas em relação à experiência emocional. Ele havia sonhado durante toda a vida, com um misto de terror e saudade, com aqueles espaços infinitos, de estar totalmente "fora", no céu. Ele havia se perguntado se a agorafobia daquele vazio sem teto e sem fundo destruiria sua razão. Mas, no momento em que foi trancado na nave, desceu sobre ele a percepção sufocante de que o perigo real da viagem espacial é a claustrofobia. Você fica em um pequeno recipiente de metal — algo parecido com um armário, muito semelhante a um caixão. Você não pode ver tudo lá fora; você pode ver as coisas apenas na tela. O espaço e as estrelas são tão remotos quanto o eram na Terra. Onde você está é sempre o seu mundo. O céu nunca está onde você está. Tudo o que você fez foi trocar um grande mundo de terra, rocha, água e nuvens por um pequeno mundo de metal.

Essa frustração do desejo de uma vida inteira penetrou-lhe profundamente na mente com o passar demorado das horas. Não era, ao que parecia, tão fácil escapar do próprio destino.

---

[4] Parte de frase de Blaise Pascal (1623–62), filósofo francês: "O eterno silêncio desses espaços infinitos me apavora". No contexto, ele considerava a brevidade da vida.

E então ele se deu conta de outro motivo que, despercebido, estava operando nele quando se apresentou como voluntário. Aquele caso com a garota realmente o deixara paralisado; petrificou-o, por assim dizer. Ele queria sentir novamente, ser carne, não pedra. Sentir qualquer coisa, até mesmo terror. Bem, nessa viagem haveria terrores suficientes antes que tudo se completasse. Ele seria acordado, não temia. Dessa parte de seu destino, pelo menos, ele sentiu que poderia livrar-se.

A aterrissagem não foi isenta de terror, mas havia tantos aparelhos dos quais cuidar, tanta habilidade a ser exercida, que não deveria dar atenção a esse sentimento. Mas seu coração batia um pouco mais forte do que o normal quando ele procedeu aos retoques finais no traje espacial e saiu. Ele estava carregando o aparelho de transmissão. Parecia, como era esperado, leve como um pão. Mas ele não ia enviar nenhuma mensagem com pressa. Pode ter sido nesse ponto que todos os outros erraram. De qualquer forma, quanto mais ele esperasse, mais aqueles jornalistas seriam mantidos fora da cama esperando por sua história. Isso lhes faria bem.

A primeira coisa que o impressionou foi que seu capacete tinha uma tonalidade muito clara. Era doloroso olhar na direção do Sol. Até mesmo a rocha — afinal, era rocha, e não poeira (o que descartava uma hipótese) — era deslumbrante. Ele largou o aparelho; tentou absorver a cena.

O surpreendente foi quão pequena parecia. Ele pensou que poderia explicar isso. A falta de atmosfera impossibilitava quase todo o efeito que a distância produz na Terra. O limite serrilhado da cratera estava, ele sabia, a cerca de quarenta quilômetros de distância. Parecia que seria possível tocá-lo. Os picos pareciam ter poucos metros de altura. O céu negro, com sua inconcebível multidão e ferocidade de estrelas, era como um quepe forçado a cair sobre a cratera; as estrelas apenas fora de seu alcance. A impressão de um cenário de teatro

Formas de coisas desconhecidas

de brinquedo, portanto de algo arranjado, portanto de algo à sua espera, era ao mesmo tempo decepcionante e opressiva. Quaisquer que fossem os terrores, aqui a agorafobia não seria um deles.

Ele se orientou, e o resultado foi bastante fácil. Ele estava, como Fox e seus amigos, quase exatamente no Ponto X0308. Mas não havia vestígios de restos humanos.

Se pudesse encontrar algum, ele poderia ter alguma pista de como eles haviam morrido. Ele começou a buscar. Ele avançava em círculos cada vez mais distantes da nave. Não havia perigo de perdê-la em um lugar como aquele.

Ele, então, teve seu primeiro choque real de medo. Pior ainda: ele não sabia dizer o que o assustava. Ele só sabia que estava envolvido em uma irrealidade doentia; parecia não estar onde estava nem fazendo o que fazia. Também estava de alguma forma conectado com uma experiência de muito tempo atrás. Era algo que acontecera em uma caverna. Sim; ele lembrava agora. Ele caminhava, supondo estar sozinho, quando notou que sempre havia um som de outros pés o seguindo. Num piscar de olhos, ele percebeu o que estava errado. Esse era exatamente o inverso da experiência na caverna. Lá, eram muitos passos. Agora eram poucos. Ele caminhava sobre a rocha áspera tão silenciosamente quanto um fantasma. Ele xingou a si mesmo de tolo — como se toda criança não soubesse que um mundo sem ar seria um mundo sem barulho. Mas o silêncio, embora explicado, não deixou de ser aterrador.

Ele já estava sozinho na Lua há talvez uns trinta e cinco minutos. Foi então que notou as três coisas estranhas.

Os raios do Sol estavam aproximadamente em ângulos retos com sua linha de visão, de modo que cada uma das coisas tinha um lado claro e um lado escuro; para cada lado escuro, uma sombra como nanquim se estendia na rocha.

Ele pensou que pareciam faróis de Belisha.[5] Depois pensou que pareciam macacos enormes. Eram mais ou menos da altura de um homem. Eram, de fato, como homens de forma desajeitada. Exceto — ele resistiu ao impulso de vomitar — que não tinham cabeça.

Elas tinham alguma coisa no lugar disso. Elas eram (aproximadamente) humanas até os ombros. Então, onde deveria estar a cabeça, havia uma absoluta monstruosidade: um enorme bloco esférico, opaco, sem características. E cada uma delas parecia ter parado de se mover naquele momento ou estava prestes a se mover naquele instante.

A frase de Ward sobre "pedras animadas" disparou horrivelmente em sua memória. E ele mesmo não havia falado de algo que não poderíamos chamar de vida, não no sentido que damos a essa palavra, algo que poderia, no entanto, produzir locomoção e ter intenções? Algo que, de qualquer forma, compartilhava com a vida a tendência que a vida tem de matar? Se existissem tais criaturas — minerais equivalentes a organismos —, seria provável que poderiam permanecer perfeitamente imóveis por cem anos sem sentir qualquer pressão.

Elas estavam cientes dele? O que elas tinham como sentidos? Os globos opacos sobre os ombros não davam nenhuma pista.

Chega um momento no pesadelo, ou às vezes na batalha real, em que medo e coragem ditam o mesmo curso de ação: correr, sem planos, na direção da coisa de que você tem medo. Jenkin saltou sobre a mais próxima das três abominações e bateu com os nós dos dedos enluvados contra o topo globular.

---

[5] Referência aos sinais luminosos que marcam o cruzamento de pedestres em estradas no Reino Unido e nos países com influência britânica. O farol de Belisha é composto de um poste alto pintado de preto e branco e um globo de cor âmbar, no qual uma lâmpada pisca para o motorista enxergar a passagem.

"Ah!", ele havia esquecido. Nenhum ruído. Todas as bombas do mundo podem explodir aqui e não fariam barulho. As orelhas são inúteis na Lua.

Ele recuou um passo e, no momento seguinte, viu-se esparramado no chão. "Foi assim que todos morreram", pensou.

Mas ele estava errado. A figura acima dele não se mexera, e ele estava praticamente ileso. Ele se levantou novamente e viu no que havia tropeçado.

Era um objeto inteiramente terrestre. Era, na verdade, um conjunto de transmissão. Não exatamente igual ao dele, mas um modelo anterior e supostamente inferior — do tipo que Fox teria.

Quando a verdade surgiu sobre ele, uma empolgação muito diferente daquela do terror se apoderou dele. Ele olhou para os corpos deformados; então, olhou para seus próprios membros. É claro: era essa a aparência de alguém em um traje espacial. Em sua própria cabeça, havia um globo monstruoso semelhante, mas felizmente não opaco. Ele estava olhando para três estátuas de homens do espaço: as estátuas de Trevor, Woodford e Fox.

Mas, então, a Lua deve ter habitantes; e habitantes racionais; mais do que isso, artistas.

E que artistas! Você pode brigar com o gosto deles, pois nenhuma linha em qualquer uma das três estátuas tinha beleza. Você não poderia dizer uma palavra sequer contra a habilidade deles. Exceto pela cabeça e o rosto dentro de cada capacete, que obviamente não poderiam ser experimentados em tal meio, elas eram perfeitas. A precisão fotográfica nunca havia alcançado tal ponto na Terra. E, embora não tivessem rosto, dava para ver, pela posição dos ombros e, na verdade, de todo o corpo, que uma pose momentânea havia sido exatamente adotada. Cada uma era a estátua de um homem virando-se para olhar para trás. Meses de trabalho, sem dúvida, haviam sido gastos na escultura de cada um, captando aquele gesto instantâneo como um instantâneo de pedra.

A ideia de Jenkin agora era enviar sua mensagem imediatamente. Antes que algo acontecesse a si mesmo, a Terra deveria ouvir essa notícia incrível. Ele partiu em grandes passadas, e depois em saltos — agora desfrutando pela primeira vez da gravitação lunar — para a nave e seu próprio aparelho. Ele estava feliz agora. Ele *havia* escapado de seu destino. Petrificado, hein? Sem mais sentimentos? Sentimentos suficientes para durar para sempre.

Ele arrumou o aparelho para que pudesse ficar de costas para o Sol. Ele operou os dispositivos.

— Jenkin, falando da Lua... — começou ele.

Sua própria enorme sombra negra se estendia diante dele. Não há ruído na Lua. Por trás dos ombros de sua própria sombra, outra sombra abriu caminho ao longo da rocha brilhante. Era de uma cabeça humana. E que cabeleira! Estava tudo subindo, contorcendo-se, balançando ao vento, talvez. Os cabelos pareciam muito grossos. Então, enquanto ele se voltava aterrorizado, passou por sua mente este pensamento: "Mas não há vento. Não há ar. Não pode estar *ventando*". Seus olhos encontraram os dela.

VI

Depois de dez anos

1

Por vários minutos, Cabeça-Amarela pensou seriamente em mover a perna direita. Embora o desconforto da posição atual fosse quase insuportável, a mudança não seria fácil. Não naquela escuridão, num lugar tão apertado como aquele. O homem ao lado dele (ele não conseguia lembrar quem era) poderia estar dormindo ou, pelo menos, poderia estar razoavelmente confortável, de modo que rosnaria ou até mesmo praguejaria se alguém o pressionasse ou empurrasse. Uma briga seria fatal; e alguns do grupo eram temperamentais e falavam alto o suficiente. Havia outras coisas a evitar também. O lugar fedia terrivelmente; eles ficaram trancados por horas a fio com todas as necessidades naturais (medos incluídos) perto de si. Alguns deles, jovens idiotas esquisitos, vomitaram. Mas isso foi quando a coisa toda se moveu, então havia alguma desculpa; eles foram rolados de um lado para o outro em sua prisão, esquerda, direita, para cima e (interminável e doentiamente) para baixo; pior do que uma tempestade no mar.

Isso fora horas antes. Ele se perguntava há quantas horas. Já devia ser noite. A luz, que, a princípio, descera até eles através do poço inclinado em uma das extremidades da maldita engenhoca, havia desaparecido muito tempo antes. Eles estavam em perfeita escuridão. O zumbido dos insetos havia parado. O ar viciado estava começando a ficar frio. Devia ser bem depois do pôr do sol.

Com cautela, ele tentou estender a perna. Encontrou imediatamente um músculo rígido; um músculo desafiadoramente rígido da perna de alguém que estava bem acordado e não se movia. Então essa direção não era boa. Cabeça-Amarela recuou ainda mais o pé e colocou o joelho sob o queixo. Não era uma posição que se pudesse manter por muito tempo, mas, por um instante, foi um alívio. Oh, uma vez que eles estivessem fora dessa coisa...

E, quando estiverem, o que virá depois? Muitas chances de tirar a inquietação dos membros. Poderá haver duas horas de trabalho bastante duro; "não mais", pensou ele. Isto é, se tudo correr bem. E depois disso? Depois, ele encontraria a Mulher Perversa. Ele tinha certeza de que a encontraria. Sabia-se que ela ainda estava viva no último mês. Ele a pegaria de jeito. E ele faria essas coisas com ela... Talvez ele a torturasse. Ele disse a si mesmo, mas tudo em palavras, sobre as torturas. Ele teve de fazer isso em palavras, pois nenhuma imagem disso viria à sua mente. Talvez ele a possuísse primeiro; brutal e insolentemente, como um inimigo e um conquistador; mostraria que ela não era mais do que qualquer outra garota capturada. E ela não era mais do que qualquer garota. A pretensão de que ela, de alguma forma, seria diferente, a lisonja sem-fim, era provavelmente o que a havia levado ao erro, para começar. As pessoas eram tão tolas...

Talvez, quando ele mesmo a possuísse, ele a entregasse aos outros prisioneiros para que se divertissem. Excelente. Mas ele pagaria aos escravos por tocarem nela também. A imagem do que ele faria com os escravos formou-se facilmente.

Depois de dez anos

Ele teve de estender a perna novamente, mas, então, descobriu que o lugar no qual ela estava fora ocupado de alguma forma. Aquele outro homem se espalhara, e Cabeça-Amarela ficou em pior situação por causa de seu movimento. Ele se contorceu um pouco com o propósito de descansar parcialmente sobre o lado esquerdo do quadril. Isso também era algo que ele tinha de agradecer à Mulher Perversa; era por causa dela que todos estavam se sufocando naquele antro.

Mas ele não iria torturá-la. Ele viu que isso não fazia sentido. A tortura era muito boa para obter informações; mas não havia nenhum uso real para vingança. Todas as pessoas sob tortura têm a mesma cara e fazem o mesmo barulho. A pessoa odiada se perde. E isso nunca o faz se sentir perverso. E ela era jovem; apenas uma menina. Ele poderia sentir pena dela. Havia lágrimas em seus olhos. Talvez fosse melhor simplesmente matá-la. Sem estupro, sem punições; apenas uma morte solene, majestosa, triste, quase lamentável, como um sacrifício.

Mas eles tinham de sair primeiro. O sinal de fora deveria ter chegado horas antes. Talvez todos os outros, ao redor dele no escuro, acreditassem de que algo dera errado, e cada um deles estivesse esperando que alguém o dissesse. Não houve dificuldade para pensar em coisas que poderiam ter dado errado. Ele via agora que todo o plano tinha sido uma loucura desde o início. O que havia para impedir que todos fossem assados vivos onde estavam sentados? Por que seus amigos de fora os encontrariam? Ou por que os encontrariam sozinhos e desprotegidos? E se nenhum sinal chegasse e eles nunca saíssem dali? Eles se encontravam em uma armadilha mortal.

Ele cravou as unhas na palma das mãos e afastou esses pensamentos pela mera força. Pois todos sabiam, e todos haviam dito antes de entrar, que esses eram exatamente os pensamentos que viriam durante a longa espera, e que a todo custo não se deveria pensá-los; qualquer coisa que se quisesse, menos tais pensamentos.

Ele começou a pensar na Mulher novamente. Ele deixou as imagens surgirem no escuro, de todos os tipos: vestida, nua, dormindo, acordada, bebendo, dançando, amamentando a criança, rindo. Uma pequena centelha de desejo começou a brilhar: o velho e sempre renovado espanto. Ele bufou deliberadamente. Nada como a luxúria para afastar o medo e fazer o tempo passar.

Mas nada faria o tempo passar.

Horas depois, uma cãibra o acordou com um grito na garganta. Instantaneamente, uma mão foi colocada sob seu queixo, forçando-o a fechar os dentes. "Quieto. Escute", disseram várias vozes. Naquele momento, finalmente, houve um barulho do lado de fora; uma batida debaixo do chão. "Oh, Zeus, Zeus, faça com que seja real; não deixe que seja um sonho!" Então lá vinha de novo o barulho: cinco batidas, e depois cinco, e depois duas, exatamente como haviam combinado. A escuridão ao redor estava cheia de cotovelos e nós dos dedos. Todos pareciam estar se movendo. "Volte para lá", disse alguém. "Dê espaço para nós." Com um grande som de puxão violento, o alçapão surgiu. Um quadrado de escuridão menor — quase, em comparação, de luz — apareceu aos pés de Cabeça-Amarela. A alegria de simplesmente ver, de ver qualquer coisa, e os tragos profundos que ele tomou do ar limpo e frio expulsaram tudo o mais de sua mente naquele instante. Alguém ao lado dele estava passando uma corda pela abertura.

— Vá em frente, então — disse uma voz em seu ouvido.

Ele tentou, mas desistiu.

— Preciso relaxar primeiro — disse ele.

— Então saia do meu caminho — disse a voz. Uma figura corpulenta se impulsionou para a frente e desceu a corda de

Depois de dez anos

mão em mão até sumir de vista. Outro e outro se seguiram. Cabeça-Amarela foi quase o último.

E assim, respirando fundo e esticando os membros, todos pararam ao pé do grande cavalo de madeira com as estrelas acima de si, e estremeceram um pouco com o vento frio da noite que soprava pelas ruas estreitas de Troia.

2

— Firmes, homens — disse Menelau Cabeça-Amarela.[1]
— Não entrem ainda. Recuperem o fôlego. — E em voz baixa: — Passe pela porta, Eteoneu, e não os deixe entrar. Não queremos que eles comecem a saquear ainda.

Fazia menos de duas horas que haviam deixado o cavalo, e tudo tinha corrido muito bem. Eles não tiveram dificuldade para encontrar as portas Ceias. Uma vez dentro da muralha de uma cidade, todo inimigo desarmado é um guia ou um homem morto, e a maioria escolhe ser o primeiro. Havia um guarda na porta, é claro, mas os invasores se livraram dele rapidamente e, o que era melhor, quase sem barulho. Em vinte minutos, eles abriram as portas, e o exército principal estava entrando. Não houve luta séria até que chegaram à cidadela. Lá, por um tempo, foi bastante intensa, mas Cabeça-Amarela e seus espartanos sofreram pouco, porque Agamêmnon insistira em liderar. Cabeça-Amarela pensou, considerando todas as coisas, que aquele lugar deveria ter sido seu, pois toda a guerra foi, em certo sentido, sua guerra, mesmo que Agamêmnon fosse o Rei dos Reis e seu irmão mais velho. Uma vez dentro da muralha circular externa da cidadela, o grupo principal se posicionou sobre o portão interno, que era muito resistente, enquanto Cabeça-Amarela

---

[1] O canto 17 da *Ilíada*, verso 6, de Homero, diz que Menelau era loiro.

e seu grupo foram enviados para encontrar um caminho de volta. Eles dominaram qualquer defesa que encontraram lá, e agora paravam para tomar fôlego, enxugar o rosto e limpar as espadas e a lâmina das lanças.

Esse pequeno pórtico abria-se sobre uma plataforma de pedra circundada por uma parede que chegava apenas à altura do peito. Cabeça-Amarela apoiou o cotovelo nele e olhou para baixo. Ele não conseguia ver as estrelas agora. Troia estava queimando. O fogo glorioso, as barulhentas madeixas e barbas de chamas e as ondas de fumaça obscureciam o céu. Além da cidade, todo o campo estava iluminado pelo clarão; era possível ver até a familiar e odiada praia em si e a linha interminável de navios. Graças aos deuses, eles logo dariam adeus àquilo!

Enquanto lutavam, ele nunca pensara em Helena e ficara feliz; ele se sentiu mais uma vez rei e soldado, e todas as decisões que tomara se mostraram corretas. À medida que o suor ia secando, embora ele estivesse com uma sede enorme e tivesse um pequeno corte dolorido acima do joelho, um pouco da doçura da vitória começou a lhe surgir na mente. Agamêmnon, sem dúvida, seria chamado de Saqueador da Cidade. Mas Cabeça-Amarela sabia que, quando a história chegasse aos menestréis, ele próprio seria o centro dela. O cerne da canção seria como Menelau, Rei de Esparta, havia reconquistado dos bárbaros a mulher mais bonita do mundo. Ele ainda não sabia se a levaria de volta para sua cama, mas certamente não a mataria. Destruir um troféu assim?

Um calafrio o lembrou de que os homens estariam ficando com frio e que alguns poderiam estar perdendo a coragem. Ele passou pela massa e subiu os degraus rasos até o local em que Eteoneu se encontrava de pé.

— Vou ficar aqui — disse ele. — Você fecha a retaguarda e os encoraja. — Então, levantou a voz: — Agora, amigos — disse ele —, vamos entrar. Fiquem juntos e mantenham os olhos bem abertos. Pode haver limpeza para fazer. E eles provavelmente estão protegendo alguma passagem mais adiante.

Ele os conduziu por alguns passos na escuridão, passando por grossos pilares e, depois, para um pequeno pátio a céu aberto; brilhantemente iluminado em um momento, quando as chamas dispararam de alguma casa desabando na cidade externa e, uma vez mais, quase totalmente escuro. Era claramente o lugar dos escravos. Em um canto, um cachorro acorrentado, de pé nas patas traseiras, latiu para eles com ódio apaixonado, e havia pilhas de lixo. E então...

— Ah! Vocês vêm? — gritou ele.

Homens armados saíam de uma porta bem à frente. Pela aparência das armaduras, eram príncipes de sangue real, um deles pouco mais que uma criança, e tinham a aparência — Cabeça-Amarela já tinha visto isso antes em outras cidades conquistadas — de homens que lutam para morrer, e não para matar. Eles são o tipo mais perigoso enquanto duram. Ele perdeu três homens lá, mas todos os troianos foram conquistados. Cabeça-Amarela se abaixou e terminou com o garoto, que ainda convulsionava como um inseto machucado. Agamêmnon costumava dizer-lhe que isso era perda de tempo, mas ele odiava vê-los se contorcendo.

O pátio seguinte foi diferente. Parecia haver muitas obras esculpidas nas paredes, o pavimento era de lajes azuis e brancas e havia uma piscina bem no meio. Formas femininas, difíceis de ver com precisão à luz dançante do fogo, espalhavam-se para a esquerda e para a direita nas sombras, como ratos quando se entra de repente em um porão. As velhas gemiam em voz alta e sem sentido enquanto manquejavam. As meninas gritavam. Seus homens estavam atrás delas; como se *terriers* tivessem sido enviados para o meio de ratos. Aqui e ali, um grito terminava em risos nervosos.

A Torre Sombria e outras histórias

— Nada disso — gritou Cabeça-Amarela. — Vocês podem ter todas as mulheres que quiserem amanhã. Agora não.

Um homem próximo a ele havia largado a lança a fim de ter as mãos livres para a exploração de uma garotinha morena de dezesseis anos que parecia uma egípcia. Seus lábios grossos estavam se alimentando do rosto dela. Cabeça-Amarela acertou-o bem nas nádegas com a parte plana da espada.

— Deixe-a ir, e maldito seja você! — exclamou ele. — Ou cortarei sua garganta.

— Avançar! Avançar! — gritou Eteoneu por trás. — Sigam o Rei.

Através de um arco, uma luz nova e mais estável apareceu: luz de lamparina. Eles haviam chegado a um lugar coberto. Estava tudo extraordinariamente quieto, e eles mesmos ficaram quietos quando entraram. O barulho do ataque e do aríete no portão principal do outro lado do castelo parecia vir de muito longe. As chamas das lamparinas eram inabaláveis. A sala estava cheia de um cheiro doce — era possível sentir o valor elevado dela. O chão estava coberto de material macio, tingido de carmesim. Havia almofadas de seda empilhadas sobre sofás de marfim; painéis de marfim também nas paredes e quadrados de jade trazidos do fim do mundo. A sala era de cedro e tinha vigas douradas. Os homens sentiam-se humilhados pela opulência. Não havia nada assim em Micenas, muito menos em Esparta; dificilmente talvez em Cnossos. E cada homem pensou: "E assim os bárbaros viveram esses dez anos enquanto nós suamos e trememos em cabanas na praia".

"Já é hora de acabar", disse Cabeça-Amarela para si mesmo. Ele viu um grande vaso de forma tão perfeita que alguém pensaria que tinha crescido como uma flor, feito de algum material translúcido que ele nunca tinha visto antes. Isso o deixou estupefato por um segundo. Então, como retaliação, ele o atingiu o mais forte que pôde com a ponta da lança e o quebrou em uma centena de fragmentos brilhantes e tilintantes. Seus homens riram. Eles começaram a seguir seu exemplo, quebrando, rasgando. Mas tudo isso o fazia sentir-se enojado.

— Vejam o que está por trás das portas — disse ele. Havia muitas portas. Atrás de algumas delas, eles arrastaram mulheres ou as conduziram para fora: não escravas, mas esposas ou filhas de reis. Os homens não tentaram nenhuma tolice; eles sabiam muito bem que elas eram reservadas aos seus superiores. E o rosto delas se mostrava lívido. À frente, havia uma entrada encortinada. Ele arrastou para o lado o tecido pesado e intrincadamente bordado e entrou. Ali havia um quarto interno, menor e mais requintado.

Era multifacetado. Quatro pilares muito finos sustentavam o telhado pintado e, entre eles, pendia uma lâmpada que era uma maravilha do trabalho de ourivesaria. Embaixo dela, encostada em um dos pilares, uma mulher, que um dia já fora jovem, estava sentada com sua roca, girando-a, como uma grande dama poderia estar sentada em sua própria casa a mil quilômetros de distância da guerra.

Cabeça-Amarela já se vira em emboscadas. Ele sabia quanto custa até mesmo a um homem treinado estar à beira de um perigo mortal. Ele pensou: "Essa mulher deve ter o sangue dos deuses nela". Resolveu que perguntaria a ela onde Helena poderia ser encontrada. Perguntaria a ela de modo cortês.

Ela olhou para cima e parou de fiar, mas ainda não se mexia.

— A criança — disse ela em voz baixa. — Ela ainda está viva? Está bem?

Então, ajudado pela voz, ele a reconheceu. E, com o primeiro segundo de seu reconhecimento, tudo o que havia moldado sua mente por onze anos desmoronou em ruína irrecuperável. Nem aquele ciúme nem aquela luxúria, aquela raiva ou aquela ternura, nada disso poderia ser revivido.

Não havia nada dentro dele apropriado para o que ele via. Por um instante, não havia absolutamente nada dentro dele.

Pois ele nunca havia sonhado que ela estaria assim; nunca sonhou que a carne se juntaria sob seu queixo, que o rosto poderia ser tão rechonchudo e, ao mesmo tempo, tão retraído, que haveria cabelos brancos nas têmporas e rugas nos cantos dos olhos. Até a altura dela era menor do que ele se lembrava. A glória suave de sua pele, que antes a fazia parecer lançar luz de seus braços e ombros, havia desaparecido. Uma mulher envelhecida; uma mulher triste, paciente e bem-composta, pedindo pela filha, pela filha deles.

O espanto fez com que ele respondesse antes que soubesse bem o que estava fazendo.

— Faz dez anos que não vejo Hermione — disse ele.

E, então, ele se controlou. Como ela tivera o descaramento de perguntar assim, como uma esposa honesta faria? Seria horrendo para eles cair em um diálogo comum de marido e mulher, como se nada tivesse acontecido. E, no entanto, o que havia acontecido era menos incapacitante do que o que ele agora encontrava.

Sobre isso, ele sofreu um impasse de emoções conflitantes. Ela merecia aquilo. Onde estava sua beleza vangloriada agora? Vingança? Seu espelho a punia muito mais do que ele poderia fazê-lo todos os dias. Mas também havia compaixão. A história de que ela era filha de Zeus, a fama que a tornara uma lenda em ambos os lados do Egeu, tudo se reduzia a isso, tudo destruído como o vaso que ele arrebentara cinco minutos antes. Mas também havia vergonha. Ele sonhava em viver nas histórias como o homem que havia reconquistado a mulher mais bonita do mundo, não é? E o que ele recebeu de volta foi isso. Por isso, Pátroclo e Aquiles morreram. Se ele aparecesse diante do exército trazendo isso como seu prêmio, como o prêmio deles, o que poderia acontecer senão maldições ou risadas universais? Riso inextinguível até o fim do mundo. Foi quando lhe ocorreu que os troianos deviam saber disso há anos. Eles também devem ter explodido em gargalhadas cada vez que um grego caiu. Não apenas os troianos, mas os deuses também. Eles sabiam o tempo todo. Os deuses haviam se divertido ao instigar Agamêmnon através dele e, por meio de Agamêmnon, instigar toda a Grécia, e colocar duas nações em estado de conflito por dez invernos, tudo por uma mulher que ninguém compraria em nenhum mercado, exceto como governanta ou como ama. O vento amargo do escárnio divino soprou-lhe no rosto. Tudo por nada, tudo uma loucura, e ele mesmo, o principal tolo.

Ele podia ouvir seus homens entrando na sala atrás dele. Algo teria de ser decidido. Helena nada fez e nada disse. Se ela tivesse caído a seus pés e implorado por perdão; se ela se erguesse e o amaldiçoasse; se ela tivesse se esfaqueado... Mas ela só esperou com as mãos (agora eram mãos entrelaçadas) no colo. A sala estava se enchendo de homens. Seria terrível se eles reconhecessem Helena; pior ainda se ele tivesse de lhes contar. O mais velho dos soldados estava olhando para ela com muita atenção e olhando dela para Cabeça-Amarela.

— Então! — disse o homem finalmente, quase com uma risada. — Bem, por todos os...

Eteoneu o cutucou em silêncio.

— O que você quer que façamos, Menelau? — perguntou ele, olhando para o chão.

— Com as prisioneiras... as outras prisioneiras? — perguntou Cabeça-Amarela. — Destaque um guarda e leve-as todas para o acampamento. O restante, para a casa de Nestor, para a distribuição. A Rainha... esta... para nossas próprias tendas.

— Amarrada? — perguntou Eteoneu em seu ouvido.

— Não é necessário — disse Cabeça-Amarela. Era uma pergunta repugnante: qualquer resposta seria um ultraje.

Não havia necessidade de conduzi-la. Ela foi com Eteoneu. Houve bastante barulho e problemas e lágrimas para amarrar as outras, e pareceu que Cabeça-Amarela estava demorando muito para terminar. Ele manteve os olhos longe de Helena. O que seus olhos deveriam dizer aos dela? No entanto, como poderiam não dizer nada? Ele se ocupou escolhendo os homens que seriam a escolta das prisioneiras.

Finalmente. Aquelas mulheres e, por ora, o problema haviam desaparecido.

— Vamos, homens! — disse ele. — Vamos nos ocupar de novo. Precisamos atravessar o castelo e encontrar os demais. Não pensem que está tudo concluído.

Ele ansiava por estar novamente lutando. Ele lutaria como nunca havia lutado antes. Talvez fosse morto. E, assim, o exército poderia fazer o que quisesse com ela. Pois aquela imagem vaga e principalmente confortável de um futuro que paira diante dos olhos da maioria dos homens havia desaparecido.

3

A primeira coisa que Cabeça-Amarela notou na manhã seguinte foi o ardor do corte acima do joelho. Espreguiçou-se e sentiu a dor pós-batalha em cada músculo; engoliu uma ou duas vezes e percebeu que estava com muita sede; sentou-se e reparou que seu cotovelo estava machucado. A porta da cabana estava aberta, e ele podia dizer, pela luz que ali entrava, que já haviam-se passado algumas horas do nascer do sol. Dois pensamentos pairavam em sua mente: a guerra acabou; Helena está aqui. Não havia muita emoção sobre qualquer um deles.

Levantou-se resmungando um pouco, esfregou os olhos e saiu ao ar livre. Na parte mais afastada da costa, ele viu a fumaça pairando no ar estagnado sobre as ruínas de Troia e, mais abaixo, inúmeros pássaros. Tudo estava impressionantemente quieto. O exército deveria estar dormindo até tarde.

Eteoneu, mancando um pouco e com uma bandagem na mão direita, aproximou-se dele.

— Você ainda tem água? — inquiriu Menelau. — Minha garganta está tão seca quanto aquela areia.

— Você vai ter de colocar vinho nela, Menelau Cabeça-Amarela. Temos vinho suficiente para nadar, mas estamos quase sem água.

Menelau fez uma careta.

— Faça com que seja o mais fraco possível — disse ele.

Eteoneu saiu mancando e voltou com a taça. Ambos entraram na cabana do Rei, e Eteoneu fechou a entrada.

— Por que você fez isso? — perguntou Cabeça-Amarela.

— Precisamos conversar, Menelau.

— Conversar? Acho que vou dormir de novo.

— Olhe — disse Eteoneu —, tem uma coisa que você precisa saber. Quando Agátocles trouxe todo o despojo das mulheres ontem à noite, ele encurralou o restante delas na grande cabana em que mantivemos os cavalos. Ele prendeu os cavalos do lado de fora, e está bem seguro no momento. Mas ele colocou a Rainha sozinha na cabana mais adiante.

— *Rainha...* é assim que você a chama? Como sabe se ela vai ser rainha por muito mais tempo? Eu não dei ordem alguma. Ainda não tomei essa decisão.

— Não, mas os homens, sim.

— O que você quer dizer?

— É assim que a chamam. E a chamam de Filha de Zeus. E saudaram a cabana dela quando passaram por ela.

— Bem, de todos os...

— Escute, Menelau. Não adianta pensar na sua raiva. Você *não pode* tratá-la como nada mais a não ser de sua Rainha. Os homens não vão se conter.

— Mas, pelos portões do Hades, pensei que todo o exército ansiava pelo sangue dela! Depois de tudo que passaram por causa dela.

— O exército em geral, sim. Mas não nossos próprios espartanos. Ela ainda é a Rainha para eles.

— Aquilo? Aquele trote sem graça, gordo e velho? A prostituta descartada por Páris, e os deuses sabem por quem mais? Eles estão loucos? O que é Helena para eles? Todo mundo esqueceu que sou eu o marido dela e o rei dela, e o rei deles também? Malditos sejam!

— Se você quer que eu responda, devo dizer algo que não é do seu agrado.

— Diga o que quiser.

— Você disse que era o marido dela e o rei deles. Eles diriam que você é o rei deles apenas porque é o marido dela. Você não é do sangue real de Esparta. Você se tornou o rei deles ao se casar com ela. Seu reinado depende do reinado dela.

Cabeça-Amarela agarrou uma bainha vazia e bateu violentamente três ou quatro vezes em uma vespa que pairava sobre uma gota de vinho derramada.

— Maldita, maldita criatura! — gritou ele. — Não posso matar nem você? Talvez você também seja sagrada. Talvez Eteoneu aqui corte minha garganta se eu estudar você com cuidado. Vem cá! Vem cá!

Ele não pegou a vespa. Quando voltou a se sentar, estava suando.

— Eu sabia que isso não iria deixá-lo feliz — disse Eteoneu —, mas...

— Foi a vespa que me tirou a paciência — disse Cabeça-Amarela. — Você acha que sou tolo a ponto de não saber como consegui meu próprio trono? Você acha que *isso* me irrita? Achei que você me conhecesse melhor. Claro que eles estão certos, segundo a lei. Mas ninguém presta atenção a essas coisas depois que o casamento é realizado.

Eteoneu nada disse.

— Você quer dizer — disse Cabeça-Amarela — que eles estavam pensando dessa forma o tempo todo?

— Isso nunca surgiu antes. Como poderia? Mas eles nunca esqueceram que ela é filha do deus supremo.

— Você acredita nisso?

— Até que eu saiba o que agrada aos deuses que se diga sobre isso, vou manter minha língua entre os dentes.

— E então — disse Cabeça-Amarela, cutucando mais uma vez a vespa —, temos isso. Se ela fosse realmente filha de Zeus, ela não seria filha de Tíndaro. Ela não estaria mais perto da linhagem verdadeira do que eu estou.

— Suponho que eles pensariam que Zeus é um rei maior do que você ou que Tíndaro.

— E você também — disse Cabeça-Amarela, sorrindo.

— Sim — disse Eteoneu. — Eu tive de falar, Filho de Atreu. Isso tem relação com a minha vida, assim como com a sua. Se você fizer nossos homens enlouquecerem contra você, sabe muito bem que estarei ao seu lado, e eles não cortarão sua garganta antes de cortarem a minha.

Uma voz alta, melodiosa e feliz, uma voz amigável como a de um tio, foi ouvida cantando do lado de fora. A porta se abriu. Lá estava Agamêmnon. Ele estava com sua melhor armadura, todo o bronze fora recém-polido, o manto sobre os ombros era escarlate, e a barba brilhava com óleo doce. Os outros dois pareciam mendigos em sua presença. Eteoneu levantou-se e curvou-se ao Rei dos Homens. Cabeça-Amarela acenou com a cabeça para o irmão.

— Bem, Cabeça-Amarela — disse Agamêmnon —, como você está? Mande seu escudeiro buscar um pouco de vinho.
— Ele entrou na barraca e bagunçou os cachos da cabeça do

irmão como se fossem de uma criança. — Que alegria?! Você nem parece um saqueador de cidades. Deprimido? Não alcançamos a vitória? E pegou seu prêmio de volta, hein? — Ele deu uma risada que sacudiu todo o seu peito largo.

— Do que você está rindo? — perguntou Cabeça-Amarela.

— Ah, o vinho — disse Agamêmnon, pegando a taça da mão de Eteoneu. Ele bebeu lentamente, pousou a taça, chupou o bigode molhado e disse: — Não é de admirar que você esteja taciturno, irmão. Eu vi o nosso prêmio. Dei uma olhada na tenda dela. Deuses! — Ele jogou a cabeça para trás e riu bastante.

— Não sei se você e eu temos necessidade de falar sobre minha esposa — disse Cabeça-Amarela.

— De fato, temos — disse Agamêmnon. — Por falar nisso, teria sido melhor se tivéssemos conversado sobre ela antes de você casar. Eu poderia ter-lhe dado alguns conselhos. Você não sabe como lidar com as mulheres. Quando um homem sabe, nunca há problema. Olhe para mim agora. Já ouviu falar de Clitemnestra me dando trabalho? Ela não é estúpida.

— Você disse que precisávamos conversar agora, não tantos anos atrás.

— Vou chegar lá. A questão é o que fazer com essa mulher. E, a propósito, o que você *quer* fazer?

— Ainda não decidi. Suponho que seja assunto meu.

— Não inteiramente. O exército já se decidiu, sabe?

— O que isso tem a ver com eles?

— Você nunca vai crescer? Não lhes foi dito, durante todos esses anos, que ela é a causa de tudo: das mortes de seus amigos e das próprias feridas, e só os deuses sabem quais problemas os aguardam quando chegarem em casa? Não continuamos dizendo a eles que estávamos lutando para trazer Helena de volta? Eles não querem que ela pague por isso?

— Seria muito mais verdadeiro dizer que eles estavam lutando por mim. Lutando para resgatar minha esposa. Os deuses sabem que isso é verdade. Não cutuque essa ferida. Eu não culparia o exército se me matasse. Eu não queria que fosse assim. Eu preferiria ter ido com um punhado de meus próprios homens e arriscado. Mesmo quando chegamos aqui, tentei resolver com um único combate. Você sabe que sim. Mas se for...

— Calma, calma, calma, Cabeça-Amarela. Não comece a se culpar novamente. Já ouvimos isso antes. E, se serve de consolo para você, agora que a coisa toda acabou, não vejo mal algum em lhe dizer que você não foi tão importante no início da guerra quanto parece imaginar. Você não consegue entender que Troia tinha de ser esmagada? Não podíamos continuar a tê-la sentada no portão para o Euxino,[2] cobrando pedágio de navios gregos e afundando-os e aumentando o preço do milho. A guerra tinha de vir.

— Quer dizer que eu... e Helena... éramos apenas pretextos? Se eu tivesse pensado...

— Irmão, você torna tudo tão infantilmente simples. Claro que eu queria vingar sua honra e a honra da Grécia. Eu estava obrigado por meus juramentos. E eu também sabia, como todos os reis gregos com bom senso sabiam, que tínhamos de acabar com Troia. Mas foi uma sorte inesperada, um presente dos deuses, que Páris tenha fugido com sua esposa exatamente naquele momento, no momento certo.

— Então eu agradeceria por ter contado a verdade ao exército desde o início.

— Meu menino, nós dissemos a eles a parte da verdade que lhes interessaria. Vingar um estupro e recuperar a mais bela

---

[2] Ponto Euxino é o nome dado pelos gregos ao que atualmente é conhecido por Mar Negro, um mar interior entre a Europa, a Anatólia e o Cáucaso.

mulher do mundo: esse é o tipo de coisa que as tropas podem entender e pela qual lutarão. De que adiantaria falar com eles sobre o comércio de milho? Você nunca será um general.

— Eu também quero um pouco de vinho, Eteoneu — disse Cabeça-Amarela. Ele bebeu com certo nervosismo quando a bebida foi trazida e não disse nada.

— E agora — continuou Agamêmnon —, agora que a pegaram, eles vão querer vê-la morta. Provavelmente vão querer cortar a garganta dela sobre a tumba de Aquiles.

— Agamêmnon — disse Eteoneu —, não sei o que Menelau pretende fazer. Mas o resto de nós, espartanos, lutaremos se houver qualquer tentativa de matar a Rainha.

— E você acha que eu me sentaria e assistiria? — indagou Menelau, olhando para ele com raiva. — Se for para lutar, ainda serei seu líder.

— Isso é muito bonito — disse Agamêmnon. — Mas vocês dois são muito apressados. Eu vim, Cabeça-Amarela, para lhe dizer que o exército quase certamente exigirá Helena para o punhal do sacerdote. Eu meio que esperava que você dissesse "Boa sorte" e a entregasse. Mas então eu teria de lhe dizer outra coisa. Quando a virem, da forma como é agora, acho que não acreditarão que é Helena. Esse é o verdadeiro perigo. Eles vão pensar que você tem uma bela Helena, a Helena dos seus sonhos, escondida, em segurança. Haverá uma assembleia. E você será o homem de quem eles irão atrás.

— Eles esperam que uma garota tenha a mesma aparência depois de dez anos? — perguntou Cabeça-Amarela.

— Bem, fiquei um pouco surpreso quando a vi pessoalmente — disse Agamêmnon. — E tenho a impressão de que você também. — Ele repetiu sua detestável risada maldisfarçada. — Claro que podemos fazer alguma outra prisioneira se passar por Helena. Existem algumas garotas incrivelmente bonitas. Ou, mesmo que não estivessem totalmente convencidos, isso poderia mantê-los sossegados; se eles pensassem que não é possível chegar à verdadeira Helena. Então, tudo se resume a isso. Se quer que você, seus espartanos e a mulher estejam seguros, só há um jeito: todos vocês devem embarcar discretamente esta noite e me deixar conduzir a situação sozinho. Vou ficar melhor sem você.

— Você teria se saído melhor sem mim durante toda sua vida.

— Nem um pouco, nem um pouco. Vou para casa como o Saqueador de Troia. Pense em Orestes crescendo com esse legado atrás de si! Pense nos maridos que poderei arranjar para minhas filhas! A pobre Clitemnestra também vai gostar. Serei um homem feliz.

4

Eu só quero justiça. E ser deixado em paz. Desde o começo, desde o dia em que me casei com Helena até este momento, quem pode dizer que fiz mal a ele? Eu tinha o direito de me casar com ela. Tíndaro a deu para mim. Ele até perguntou à própria garota, e ela não opôs nenhuma objeção. Que falha ela poderia encontrar em mim depois que eu fosse seu marido? Eu nunca bati nela. Eu nunca a violentei. Raramente eu levava uma das criadas para minha cama, e nenhuma mulher sensata se preocupa com isso. Alguma vez tirei a criança dela e a sacrifiquei aos deuses da tempestade? No entanto, Agamêmnon faz isso e tem uma esposa fiel e obediente.

Acaso já entrei na casa de outro homem e roubei sua mulher? Páris fez isso comigo. Eu tento me vingar da maneira correta: combate homem a homem diante de ambos os exércitos. Então, houve alguma interferência divina, uma espécie de apagão — não sei o que aconteceu comigo —, e ele escapou. Eu estava vencendo. Ele seria um homem morto se eu tivesse mais dois minutos. Por que os deuses nunca interferem a favor do homem que foi injustiçado?

Nunca lutei contra deuses como Diomedes lutou, ou diz que lutou. Nunca me virei contra os nossos nem trabalhei pela derrota dos gregos, como Aquiles. E agora ele é um deus, e eles fazem de seu túmulo um altar. Nunca me esquivei como Odisseu, nunca cometi sacrilégio como Odisseu. E agora ele é o verdadeiro capitão de todos eles — Agamêmnon, apesar de todas as suas conivências e espertezas, não poderia governar o exército por um dia sem ele, e eu não sou nada.

Nada e ninguém. Eu pensei que era o Rei de Esparta. Aparentemente, eu sou o único que já pensou assim. Eu sou simplesmente o principal serviçal daquela mulher. Devo lutar nas guerras dela e coletar os tributos dela e fazer todo o trabalho dela, mas ela é a Rainha. Ela pode virar prostituta, virar traidora, virar troiana. Isso não faz diferença alguma. No momento em que ela está em nosso acampamento, ela é a Rainha como antes. Todos os arqueiros e cavaleiros podem me dizer para corrigir minhas maneiras e tomar cuidado para tratar Sua Majestade com o devido respeito. Até mesmo Eteoneu, meu próprio irmão jurado, me insulta por eu não ser um verdadeiro rei. E, no momento seguinte, ele diz que morrerá comigo se os espartanos decidirem que é melhor eu ser assassinado. Eu me espanto. Provavelmente ele é um traidor também. Talvez ele seja o próximo amante dessa desgastada rainha.

Não sou rei. É pior do que isso. Não sou nem mesmo um homem livre. Qualquer empregado, qualquer mascate, qualquer mendigo, teria permissão para ensinar uma lição à própria esposa, da maneira que ele achasse melhor, se ela lhe tivesse sido falsa. Para mim é: "Tire as mãos! Ela é a Rainha, a Filha de Zeus!".

E depois vem Agamêmnon zombando, como sempre fez desde que éramos meninos, e fazendo piadas porque ela perdeu a beleza. Que direito ele tem de falar assim comigo sobre

Depois de dez anos

ela? Eu me pergunto como é sua própria Clitemnestra agora. Dez anos, dez anos. E eles devem ter tido comida racionada em Troia por algum tempo. Insalubre também, presos entre as muralhas. Sorte que parece não ter havido praga. E quem sabe como aqueles bárbaros a trataram quando a guerra começou a se voltar contra eles? Por Hera, devo descobrir isso! Quando puder falar com ela. Posso falar com ela? Como eu começaria?

Eteoneu a adora, Agamêmnon zomba dela, e o exército quer cortar sua garganta. De quem ela é mulher? De quem ela é responsabilidade? De todos menos de mim, ao que parece. Eu não conto para nada. Eu sou um pouco de propriedade dela, e ela é um pouco de todos os outros.

Eu fui uma marionete em uma guerra sobre navios de milho.

Eu me pergunto o que ela está pensando. Sozinha todas aquelas horas na tenda. Imaginando e imaginando, sem dúvida. A menos que ela esteja concedendo uma audiência a Eteoneu.

Vamos fugir em segurança esta noite? Fizemos tudo o que podíamos à luz do dia. Nada há a fazer senão esperar.

Talvez fosse melhor se o exército soubesse disso e fôssemos todos mortos, lutando, na praia. Ela e Eteoneu veriam que há uma coisa que ainda posso fazer. Eu a mataria antes que eles a levassem. Castigá-la e salvá-la com um golpe.

Malditas moscas!

5

(Mais tarde. Desembarcado no Egito e recebido por um egípcio.)

— Lamento que tenha pedido isso, Pai — disse Menelau —, mas você disse isso para me poupar. De fato, de fato, a mulher não vale a pena.

— A água fria que um homem quer é melhor do que o vinho de que ele não gosta — disse o velho.

— Eu daria algo melhor do que essa água fria. Rogo-lhe que aceite esta taça. O próprio Rei troiano bebeu dela.

— Você vai me negar a mulher, Convidado? — perguntou o idoso, ainda sorridente.

— Você deve me perdoar, Pai — disse Menelau. — Eu ficaria envergonhado...

— Ela é o que eu peço.

"Malditos sejam esses bárbaros e seus costumes", pensou Menelau consigo mesmo. "Isso é cortesia deles? É regra sempre pedir algo sem valor?"

— Você não vai me negar, com certeza! — disse seu anfitrião, ainda sem olhar para Helena, mas olhando de soslaio para Menelau.

"Ele realmente a quer", pensou Menelau. Isso começou a deixá-lo com raiva.

— Se você não vai dá-la — disse o egípcio, um pouco desdenhoso —, talvez você a venda...

Menelau sentiu o rosto enrubescer. Ele havia encontrado um motivo para sua raiva agora, que se tornara mais ardente. O homem o estava insultando.

— Eu lhe digo que a mulher não é para ser dada — disse ele. — E digo mil vezes que não está à venda.

O idoso não demonstrou raiva (será que aquele rosto moreno e liso poderia demonstrar algo assim?) e continuou sorrindo.

— Ah! — exclamou ele por fim, prolongando-se bastante. — Você deveria ter me contado. Ela talvez seja sua antiga ama ou...

— Ela é minha mulher — gritou Menelau. As palavras lhe saíram da boca em voz alta, infantil e ridícula; ele não tinha a intenção de proferi-las. Ele girou os olhos ao redor da sala. Se alguém risse, ele o mataria. Mas todos os rostos egípcios estavam sérios, embora qualquer um pudesse ver que, por dentro, eles zombavam de Menelau. Seus próprios homens estavam sentados com os olhos fixos no chão. Eles tinham vergonha dele.

— Estranho — disse o velho —, tem certeza de que aquela mulher é sua esposa?

Menelau olhou fixamente para Helena, meio acreditando naquele instante que aqueles magos estrangeiros poderiam ter pregado alguma peça. O olhar foi tão rápido que captou o dela e, pela primeira vez, seus olhos se encontraram. E, de fato, ela estava mudada. Ele surpreendeu um olhar do que parecia ser, de todas as coisas, alegria. Em nome da Casa de Hades, por quê? Passou em um átimo; a desolação definida voltou. Mas agora seu anfitrião estava falando novamente.

— Eu sei muito bem quem é sua esposa, Menelau, Filho de Atreu. Você se casou com Helena Tíndaro. E essa mulher não é ela.

— Mas isso é loucura — disse Menelau. — Você acha que eu não sei?

— É isso mesmo que eu penso — respondeu o idoso, agora totalmente sério. — Sua esposa nunca foi para Troia. Os deuses pregaram uma peça em você. Aquela mulher estava em Troia. Aquela mulher estava deitada na cama de Páris. Helena foi levada a outro lugar.

— Quem é essa, então? — perguntou Menelau.

— Ah, quem seria capaz de responder? É uma coisa... logo vai desaparecer... Essas coisas às vezes acontecem na Terra por um tempo. Ninguém sabe o que são.

— Você está zombando de mim — disse Menelau. Ele não pensava assim; acreditou menos ainda no que lhe era dito. Ele pensou que estava fora de si; bêbado talvez, ou então alguma droga fora acrescida ao vinho.

— Não é de admirar que você diga isso — respondeu o anfitrião. — Mas você não vai dizer isso quando eu lhe mostrar a verdadeira Helena.

Menelau ficou imóvel. Ele tinha a sensação de que algum ultraje estava sendo feito a ele. Não se podia discutir com esses demônios estrangeiros. Ele nunca fora esperto. Se Odisseu estivesse ali, saberia o que dizer. Enquanto isso, os músicos recomeçaram a tocar. Os escravos, de modo silencioso, moviam-se. Eles estavam movendo todas as luzes para um lugar, do outro lado, perto de uma entrada, de modo que o resto do grande salão ficava cada vez mais escuro, e era doloroso olhar para o brilho das velas agrupadas. A música continuou.

— Filha de Leda, saia — disse o idoso.

E imediatamente veio. Da escuridão da entrada

[O manuscrito termina aqui.]

Notas sobre *Depois de dez anos*

1
Roger Lancelyn Green

Esta história de Helena e Menelau após a queda de Troia foi iniciada, e o primeiro capítulo escrito, creio, em 1959, antes da visita de Lewis à Grécia. Do mesmo jeito que Lewis escreveu sobre as histórias narnianas terem começado e se desenvolvido ao "ver imagens" em sua mente, tudo começou com a imagem de Cabeça-Amarela *no* Cavalo de Madeira e a percepção do que ele e os demais devem ter experimentado durante quase vinte e quatro horas de claustrofobia, desconforto e perigo. Lembro-me de ele lendo para mim o primeiro capítulo, e a emoção da crescente compreensão de onde estávamos e quem era Cabeça-Amarela.

Mas Lewis não havia elaborado nenhum enredo para o resto da história. Discutimos todas as lendas de Helena e Menelau que conhecíamos, e eu estava bastante "informado" sobre os assuntos troianos na época, pois estava escrevendo minha própria história, *The Luck of Troy* [A sorte de Troia], que termina onde começa a de Lewis. Lembro-me de apontar o fato de que Menelau era apenas Rei de Esparta por causa do casamento com Helena, que era herdeira de Tíndaro (após a morte de Castor e Polideuces), um ponto que Lewis não sabia, mas do qual se apoderou avidamente e usou nos capítulos seguintes.

Ele leu o restante do fragmento para mim em agosto de 1960, após nossa visita à Grécia, e após a morte de Joy, sua esposa. O fragmento egípcio veio ainda mais tarde, acho; mas, depois daquele ano, Lewis descobriu que não podia mais compor histórias nem continuar com esta. Foi por causa desse esgotamento da fonte imaginativa (talvez a incapacidade de "ver imagens" por mais tempo) que ele planejou colaborar comigo em uma nova versão de minha história *The Wood That Time Forgot* [A floresta que o tempo esqueceu], que escrevi por volta de 1950 e que Lewis sempre disse que era a minha melhor, embora nenhum editor se arriscasse a publicá-la. Mas isso foi no final de 1962 e início de 1963 — e não resultou em nada.

Naturalmente, não é possível ter certeza do que Lewis teria feito em *Depois de dez anos* se tivesse continuado: ele mesmo não sabia — e discutimos tantas possibilidades que não posso nem mesmo ter certeza de qual ele preferia.

A próxima "imagem" após a cena no Cavalo foi a ideia de qual seria a real aparência de Helena depois de dez anos como cativa na Troia sitiada. É claro que os autores clássicos — Quinto de Esmirna, Trifiodoro, Apolodoro[1] etc. — insistem em que a beleza divina dela permaneceu intacta. Alguns autores dizem que Menelau sacou a espada para matá-la depois

---

[1] Quinto de Esmirna, poeta épico grego que viveu entre o terceiro e o quarto séculos d.C., autor do extenso poema "Pós-Homéricas". Trifiodoro, gramático e poeta grego nascido no Egito no quinto século d.C., do qual a única obra que sobreviveu foi o poema épico "A tomada de Ílios". Apolodoro de Atenas, que viveu no segundo século a.C., filósofo, historiador e gramático grego, escreveu uma cronologia em versos sobre a história da Grécia, da queda de Troia até 144 a.C.

que Troia sucumbiu e, então, ao ver sua beleza, a espada caiu-lhe da mão; outros dizem que os soldados estavam se preparando para apedrejá-la, mas ela deixou cair o véu, e eles largaram as pedras e a adoraram em vez de matá-la. Sua beleza desculpava tudo: "A Héracles, Zeus deu força, a Helena, a beleza, que naturalmente domina até a própria força", escreveu Isócrates[2] — e, como informei a Lewis, Helena voltou para Esparta com Menelau, e não só era a bela rainha que acolhe Telêmaco em *Odisseia*, como também era adorada como deusa, cujo santuário ainda pode ser visto em Terapnas, perto de Esparta.

No entanto, o fragmento da história ambientada no Egito é baseado na lenda, iniciada por Estesícoro e desenvolvida por Eurípides em sua peça *Helena*, de que Helena nunca foi para Troia. No caminho, ela e Páris pararam no Egito, e os deuses fizeram uma imitação de Helena, um *eidolon*,[3] uma coisa de ar, que Páris levou para Troia, pensando ser a verdadeira Helena. Por esse fantasma, os gregos lutaram, e Troia caiu. Em seu retorno (no qual levou quase tanto tempo para chegar em casa quanto Odisseu), Menelau visitou o Egito; e lá o *eidolon* desapareceu e ele encontrou a verdadeira Helena, adorável e imaculada, e a levou de volta para Esparta com ele. (Essa lenda deu a Rider Haggard e Andrew Lang a ideia de seu romance sobre Helena no Egito, *The World's Desire* [O desejo do mundo], embora seja ambientado alguns anos após o final da *Odisseia* — um livro que Lewis leu e admirava, mesmo que não o valorizasse tanto quanto eu.)

---

[2] Filósofo e retórico ateniense contemporâneo de Platão, viveu de 436 a.C. a 338 a.C.
[3] Na literatura grega antiga, o espírito-imagem de uma pessoa morta ou viva, ou a sombra ou o fantasma de forma semelhante à humana.

A ideia que Lewis estava seguindo, ou a qual ele estava experimentando, era uma "reviravolta" da lenda de *eidolon*. "Da escuridão da entrada", veio a bela Helena com quem Menelau de fato se casou: Helena tão linda que devia ser filha de Zeus, a beleza onírica cuja imagem Menelau construiu durante os dez anos do cerco de Troia, e que havia sido tão cruelmente destruída quando ele encontrou Helena no segundo capítulo. *Mas* essa era o *eidolon*; a história era sobre o conflito entre sonho e realidade. Era para ser um desenvolvimento do tema de *Mary Rose*,[4] novamente com uma reviravolta: Mary Rose volta depois de muitos anos no País das Fadas, mas exatamente como era no momento de seu desaparecimento; seu marido e seus pais pensavam nela, ansiavam por ela, daquele jeito, mas, quando volta, ela simplesmente não se encaixa.

Menelau sonhava com Helena, ansiava por Helena, construiu a imagem de Helena e a adorou como um falso ídolo — no Egito, é oferecido a ele esse ídolo, o *eidolon*. Acho que ele não saberia qual era a verdadeira Helena, mas disso não tenho certeza. Porém, penso que ele descobriria no final que a Helena de meia-idade e abatida que ele trouxera de Troia era a mulher real e que, entre eles, estava o amor real, ou pelo menos sua possibilidade: o *eidolon* teria sido uma *belle dame sans merci*...[5]

Mas repito que não sei, e Lewis não sabia, o que exatamente teria acontecido se tivesse continuado com a história.

---

[4] Peça de James Matthew Barrie (1860–1937), novelista e dramaturgo escocês, autor também de *Peter Pan*. Nela, uma garota desaparece em uma ilha, reaparecendo vinte e dois anos mais tarde sem sinais de envelhecimento ou de percepção de que o tempo havia passado. Anos depois, convence o marido a levá-la àquela ilha. Lá desaparece novamente por décadas, reaparecendo, uma vez mais, sem sinais de envelhecimento.
[5] "Bela dama impiedosa" em francês.

2
ALASTAIR FOWLER

Lewis falou, em mais de uma ocasião, sobre as dificuldades que estava tendo com essa história. Ele tinha uma ideia clara do tipo de narrativa que queria escrever, do tema e dos personagens, mas não conseguiu ir além dos primeiros capítulos. Como era seu hábito nesses casos, deixou a obra de lado e passou a fazer outra coisa. A partir do fragmento escrito, seria de esperar que a continuação fosse um mito de importância muito ampla. Pois a barriga escura do cavalo poderia ser tomada como um útero, o escapar dela, como um nascimento e entrada na vida. Lewis estava bem ciente desse aspecto. Mas ele disse que a ideia para o livro fora provocada pelo relato tentadoramente breve de Homero sobre a relação entre Menelau e Helena após o retorno de Troia (*Odisseia*, 4, 1-305). Foi, suponho, uma ideia tanto moral como literária. Lewis queria contar a história de um homem traído de forma a trazer à tona o significado de sua vida. Aos olhos dos outros, Menelau parecia ter perdido quase tudo o que era honroso e heroico, mas, de seu ponto de vista, ele tinha tudo o que importava: o amor. Naturalmente, o desenvolvimento desse tema envolveu um ponto de vista narrativo bem diferente do usado por Homero. E isso já é aparente no presente fragmento: em vez de olhar para o cavalo a partir do exterior, como fazemos quando Demodoco canta (*Odisseia*, 8, 499-520), aqui sentimos algo da difícil vida interior.

A Torre Sombria
e outras histórias

Outros livros de C. S. Lewis pela THOMAS NELSON BRASIL

A abolição do homem
A anatomia de um luto
A última noite do mundo
Até que tenhamos rostos
Cartas a Malcolm
Cartas de C. S. Lewis
Cartas de um diabo a seu aprendiz
Cristianismo puro e simples
Deus no banco dos réus
George MacDonald
Milagres
O assunto do Céu
O grande divórcio
Os quatro amores
O peso da glória
O problema da dor
O regresso do Peregrino
Preparando-se para a Páscoa
Reflexões cristãs
Reflexões sobre Salmos
Sobre histórias
Surpreendido pela alegria
Todo meu caminho diante de mim
Um experimento em crítica literária

Volumes únicos

Trilogia Cósmica (Além do planeta silencioso, Perelandra e Aquela fortaleza medonha)
Clássicos Selecionados C. S. Lewis

Coleção Fundamentos

Como cultivar uma vida de leitura
Como orar
Como ser cristão

Este livro foi impresso pela Leograf
para a Thomas Nelson Brasil em 2023.
A fonte usada no miolo é Adobe Caslon 11,5/14,6.
O papel do miolo é pólen bold 70g/m².